JN021937

趣味を極めて自由に生きろ！
ただし、神々は愛し子に異世界改革をお望みです
5
紫南 Shinan
Illustration 星らすく

主な登場人物
Main —— Characters
セルジュ
フィルズの異母兄で、公爵家の跡取り。真面目な気質で何かと苦労人。
フィルズ
公爵家第二夫人の子で、モノ作りが大好きな少年。優しいながらもやや毒舌。
エルセリア
可愛いものを好む、フィルズの異母妹。わがまま且つ勉強が苦手。
クルフィ
セルジュを護衛する魔導人形。物言いが辛辣。

リゼンフィア
公爵家当主。カルヴィア国宰相だが家庭では頼りない。
ミリアリア
公爵家第一夫人でセルジュ達の母。気性が荒かったが……
クラルス
公爵家第二夫人でフィルズの母。天真爛漫な元流民。
リーリル
フィルズの祖父。吟遊詩人。
ファリマス
フィルズの祖母。踊り子。
ファスター王
カルヴィア国を治める王。
シエル
教会のまとめ役である神殿長。

ミッション① 二つの憩《いこ》いの場を開放しよう

この世界の多くの民達が、王侯貴族の振る舞いや、痩《や》せ細った土地のために苦しい生活を強《し》いられている中で、急激に発展し、子ども達の元気な笑い声と活気に満ちた町があった。

多くの国々に囲まれる大国カルヴィア、その唯一の公爵《こうしゃく》が治める領都エントラール。そこに突如として現れた商会が全ての源《みなもと》だった。名をセイスフィア商会と言う。古代語で『賢者《けんじゃ》の魂《たましい》』という意味があるこの商会は、まだ設立されて一年ほどしか経っていない。

かつて、神々はこの世界の発展を目的として、賢者と呼ばれる、異世界の革新的な知識を持った者達を転生させていた。しかし、それらの知識《ちしき》や発明は、権力者達によって搾取《さくしゅ》され、やがて人々は扱いきれずに廃《すた》れさせてしまった。

それを見かねた神々により、この世界の改革を願われて転生して来たのが、この商会の商会長であるエントラール公爵の次男、第二夫人の子であるフィルズ・エントラールだった。

「今日も早いなあ」

フィルズは、自身の屋敷の前で商店街となっているセイルブロードを横目に見ながら、その隣《となり》の屋敷に朝早くから来ていた。領主邸の屋敷や敷地よりは狭いが、かなりの広さがある。そこは所謂《いわゆる》病院とリハビリ施設を兼ね備えた場所、『健康ランド』であった。

時間としては、まだ朝早い時間。セイルブロードで最も営業の早いスープ屋台が出発してまだそれほど経っていない。

だが既に、両親が早くから出稼《でかせ》ぎに出かけている家の子ども達が、ここにあるアスレチックで遊び始めていた。一番早いのは、教会から繋《つな》がる通路を通ってやって来る孤児院の子ども達だ。神官達が乳幼児達の世話を始める時間のため、邪魔にならないように出て来るのだ。その子ども達の中に、フィルズが少し気にしている者達が交ざっていた。

少し前のカルヴィア国では、いくつかある隣国のうち、その一国から貧困のために食い詰めた多くの民が流れ込み、盗賊となって勢力を作っていた。

そして二ケ月前。盗賊達はカルヴィアの王妹《おうまい》の命を狙う計画を企《くわだ》てた。母国を乱して自分達を苦しめたのは彼女だと思い込み、それ故の復讐《ふくしゅう》だったのだ。

彼らの怒りには誤解も含まれていたが、王妹が隣国で起きた騒乱《そうらん》に関わっていたのは事実だ。国王はその事情を慮《おもんぱか》り、教会が仲立ちとなって、盗賊達は罪を償《つぐな》うことになったのだが、その時に彼らが連れていた子ども達を保護していた。

栄養失調気味だった彼らは全員、教会の孤児院に入れられて、今や他の子ども達と共にアスレチックで朝から夕方まで遊べるくらい元気になっていた。

そんな子ども達が遊ぶのを、フィルズが目を細めて見ていると、久し振りに帰領した父のリゼンフィアがやって来て目を丸くしていた。彼は宰相《さいしょう》の地位に就《つ》いていることもあり、中々領地に戻ることができないのだ。そうして、たまに帰領すると、息子であるフィルズとの交流を持とうと積極的に関わって来る。

今日は特に、重大イベントがあるため、執務で疲れていても、こうして朝からフィルズに張り付いていた。

「あの子ども達があんなに……」

「元から孤児院に居る子どもらは、魔力の扱いも上手くなってるから、自然に身体強化も使ってんだけど、大分あいつらもできるようになって来たみたいだな」

「っ、だからあんな動きを……大丈夫なのか？」

目を向けている先には、垂直な丸太の壁《かべ》をロープでよじ登る遊具が立っている。そこには、一番上までほぼロープを使わずに駆け上って行く十歳くらいの子ども達の姿があった。

「目付け役のクマも居るし、異常なことがあればフーマ爺《じい》に報告が行くから、そこで指導もできる。今のところ、問題はないよ」

「そうか……」

子ども達から一歩離れた所にクマのぬいぐるみが立っている。それは彼が作った魔導人形のうちの一体で、自分で思考し動くことができた。フーマというのは老人の姿をした医術神《いじゅつしん》で、主に医《い》療《りょう》方面で商会に協力してくれている。

「うーん。まあ、あの遊具はあいつらにはそろそろ危ないから、新しいやつ作ってるけど」

「アレか？」

フィルズが目を向け、リゼンフィアも目を留めるのは、四角く細かい網で囲ってあるもの。新しい遊具を作っている時は、そうして囲って分かりやすくしているため、子ども達も近付かない。近付けば、これを作る職人達に怒られるのを知っているからというのもある。

今二人が見ているそれは、新たな壁登りの遊具だ。

「あれは斜面《しゃめん》と湾曲《わんきょく》した壁を駆け上って行くやつ。一番上に手を付くと、音が鳴るんだ。しかも、表面が滑るしちょい柔らかいから、素足でやることになる」

失敗して転んでも、柔らかく受け止めてくれる仕様。そのため、足腰が更に鍛《きた》えられる。踏ん張りが微妙に利《き》かないのだ。素早く走り抜ければ沈まないが、立ち止まると沈んでいく。前世で言うところの低反発素材だった。

遊具の頂上を見てリゼンフィアは尋ねる。

「あそこ、高くないか？」

「まあ、大人二人分とちょいくらい？　後ろ側に作った滑り台を高くしたかったし、アレくらいじゃないと、子どもらが簡単にできるようになるんだよ」

「……確かに……」

現に、垂直の壁登りは大人一人分の二メートルくらいの高さを軽く駆け上がり、何人も一番上に座って手を振っている。この世界では、これくらいはできて当たり前だ。

よって、今作っている方は一番上が五メートル近くなるようにしてある。身体強化を使えば、三階分の高さから飛び降りても受け身を取るのは容易《たやす》いので、落下による怪我の心配も少なかった。

「けど、そろそろ手狭になって来たから、困ってる。早いとこあっちを完成させねえと」

「あっち……大公園のことか」

「そう」

現在、多くの職人達を導入し、更に隣国から来た元盗賊達も働かせて、今では公爵領となった元男爵領に大公園を作っている。

ここのアスレチックなども参考にして作る大公園には、この健康ランドから送迎バスを出す計画だ。

テイクアウト可能な食事処《しょくじどころ》も作り、芝生《しばふ》のような物を植えた上で、レジャーシートを貸し出すなどして、ピクニックができるようにする。花を植えた散歩道も広めに作り、目指すのは、誰もが『家族で一日中遊べて休暇《きゅうか》を楽しめる公園』だ。

「午後からあの土地に視察に行くが、フィルも……」

リゼンフィアは、フィルズには何かと下手《したて》に出る。これでは親子の立場が全《まった》く逆だなというのが、周りの感想だ。

公爵家はリゼンフィアが家庭を放っておいたことによって、離散の危機に陥《おちい》っていた。それをフィルズに突きつけられ、リゼンフィアはようやく家族と向き合う道を選んだ。

フィルズに父と認められるためには、破綻《はたん》した家庭環境を整えなくてはならない。

「ああ。確認したいこともあるし、車出すよ。じいちゃんも行きたいって言ってたからな」

「義父上《ちちうえ》が……？」

「公園に興味あるんだと。あれだけ拓《ひら》けた場所が町の中にあるってのが珍しいらしくてさ」

「そうだな。確かに、安全な町の中では、ないな……」

「だろ？　で、吟遊詩人《ぎんゆうしじん》とか旅人達が気楽に泊まれる場所も作って欲しいとか言ってるんだ。だから、ちょい計画練り直しの所があってさ」

フィルズのイメージとしては、キャンプ場だ。だが、今それを作ってしまうと、間違いなく家をなくした者達が住み着く。そうなると無法地帯になって、スラムのようなものになってしまうだろう。それでは困るのだ。

フィルズの祖父で母クラルスの父であるリーリルは『幻想《げんそう》の吟遊詩人』と呼ばれている。彼は男だが、女装して別人になりすましながら旅をしていた。普段から女性にしか見えない美しい男性だ。

彼のような流民は見た目通りの年ではなく、とても若く見える。『じいちゃん』と呼べば、十人中十人が首を傾げて周りを見回すだろう。

「じいちゃんとしては、あそこで夜の星を眺《なが》めたいとか思ってるみたいだし。でもそうなると警備とか難しくなるじゃん？」

「……確かに……」

あの美しいリーリルを一人、夜に公園に行かせるなんて危な過ぎる、とは誰もが思うこと。

「広い空の下で寝るとか、確かに気持ちいいんだけどな……今は屋敷の屋上で満足してくれてるからいいけど」

町の外の拓けた場所であっても、この世界には魔獣が居る。気楽に過ごせる場所ではない。野営しやすい場所では、木々の合間から見える空の広さに限界がある。だから、この世界の人にとって、視界いっぱい、何にも遮《さえぎ》られることなく空が見える場所などあり得なかったのだ。

そんな中、商会のフィルズの屋敷は、この世界にはない特殊な造りで、屋上がある。それ以前に、魔導車《まどうしゃ》の屋根の上から見る空も知ったことで、リーリルはその魅力に取り憑《つ》かれたらしい。

教会に保護され、セイスフィア商会の職員として働いているこの国の第三王子であるリュブランやその仲間達も、天気の良い日は昼も夜も屋上に上がって景色を楽しんだりしているため、彼らもその魅力を知っている。

「この前連れて行った時に、明らかに目が輝いてたから、何したいのかと思ったら……母さんが聞き出してくれて良かったよ……」

「それは本当に良かった……」

リーリルは勝手に夜に芝生の上で寝転んでそうな勢いだったのだ。先に分かって良かったと心底ほっとしたのが数日前のことだった。

そうして、心臓に悪いことを思い出し、父子で胸を撫で下ろしているところに先王夫妻が歩いてやって来た。

先王夫妻はとても晴れやかで健康そうな顔色をしていた。彼らは、隠居してから体の不調を訴えていた。そんな時に、フィルズが作った車椅子を使うようになったことで、動ける範囲が広がり、是非ともお礼が言いたいと、お忍びで二ヶ月前に公爵領にやって来た。

「やあ。良い朝だな」

「子ども達は今日も元気ねえ」

この『健康ランド』を任されている元十神の医術神フーマと薬神《やくしん》ゼセラによって、健康指導を受けた先王夫妻は、ついに車椅子が必要ないほど元気になっていた。

「おはよう。今日は杖もなしか？」

先王夫妻は、フィルズを孫のように可愛がっており、話し方も気安いものに落ち着いた。

「ああ。数日前から、本当に調子が良くてなあ」

「本当に。魔力にこんな弊害《へいがい》があったなんて驚いたわ。まだまだ動けそうですもの」

前王妃の言う通り、魔力の流れが滞《とどこお》っていたことが不調の原因であった。

笑う二人の所に、フーマとゼセラがやって来る。

「おいおい。あんま無理はすんじゃねえぞ。何事もゆっくりな」

「若返ったとは違うのですよ？　本来の機能を取り戻しただけですからね。年齢相応の動き方でお願いしますよ」

「「はい」」

フーマとゼセラには頭が上がらないというのが、先王夫妻の口癖だ。

「フーマ爺、セラ婆《ばあ》。今日、正式オープンだけど、準備はいいか？」

「おう。まあ……ちょい緊張してはいるがな」

「そうですねえ。とってもワクワクしていますよ」

子ども達だけはここの出入りを許していたが、今日、正式に『健康ランド』をオープンする。この立ち会いのためにリゼンフィアもこの日に合わせて帰領したのだ。

今日オープンとはいえ、町の中で問題のあった患者《かんじゃ》は、試験的に運び入れて既に治療《ちりょう》を開始していた。先王夫妻のように、魔力の関係で体の調子を壊していた者達が多い。義手や義足の店も、今日からこちらに移しリハビリ施設などを利用してもらうことになっている。

「一緒に大浴場もオープンできると良かったんだが、早くここに来たいって奴らが多いみたいだから」

「期待されてんのは嬉しいぜ」

「私も心配な子達が居ましたから、問題ありませんよ」

フーマもゼセラも、ここに来てからトラの魔導人形達を連れて町を出歩き、住民達と交流していたのだ。往診《おうしん》というほどのものではないが、多くの人の相談相手になっていた。やはり神だからか、すぐに人々にも受け入れられ、既に『大先生《おおせんせい》』と呼ばれて慕《した》われている。

「そりゃ良かった。そんじゃあ、そろそろ開けるか」

「おうっ」

「ええ」

トラ達も出迎えのために屋敷の前に出て来ている。それを確認し、フィルズは拡声器を手に取った。その声は、門の所や敷地内にあるスピーカーから聞こえるようになっている。セイルブロードと繋がる通路も新たに作っており、そちらにも聞こえるはずだ。

「よし。じゃあいくぞ。『お待たせしました！　本日、これより「健康ランド」開店いたします！』」

「「「「おお〜っ!!」」」」

ゆっくりと門が開き、遊歩道を楽しみながら多くの人々が入って来た。

「『この健康ランドは、皆様の健康的な生活のため、様々な施設を用意しております。古傷が痛むという方。最近、寝付けない、体力が落ちたという方が家族に居ましたら、是非ともまずはご相談を。建物は右手側です』」

入って来る人々の中には、調子の悪そうな老人を背負っている者も居る。そうした者は、トラ達によって連れて行かれる。

もうフーマとゼセラはそれぞれの持ち場についたようだ。問題のある人々が予想よりも多く運び込まれて来ている。しっかりとこれまでの施設の説明や声掛けが伝わっていたようだ。

「『もちろん、体の調子が悪くない方もご利用できます。鍛え方が分からないという方。効果的なトレーニングの仕方を教えてくれる施設があります。そちらも是非覗《のぞ》いていってください。建物はアスレチックのある左側へ』」

トレーニングジムのような施設も作ってある。今日はちょっと外に行く気分じゃないなという冒険者達が通うのを狙っている。実際、使い勝手を見てもらうために、まず公爵家の護衛や騎士団の者達に試してもらったのだが、まんまとこれにハマった。

室内なので、雨の日も関係なく使えるのも良いと、試験期間中に、目一杯楽しんで使っていた。

その話を聞いたのだろう。早速とばかりに冒険者達がこぞってその建物に向かって行った。

「『最近、腰が痛い。足が痛い。など、体に痛みがあって困っている方は、同じく左側の建物へ。ぎっくり腰の痛みも和《やわ》らぎますよ。送迎も可能ですのでご相談ください』」

この世界にも、ぎっくり腰やヘルニアがある。フィルズの宣伝を聞くなり目を丸くして取って返す者も居た。どうやら家族にそうした者が居て、連れて来るつもりのようだ。

「ふう。これくらいか」

後はトラ達や雇った職員達が上手くやるだろう。

「どれ、私も手伝おう」

「では私も」

「え!?」

先王夫妻の呟《つぶや》きに、リゼンフィアが青ざめる。

「ははっ。そんな驚くことはない。この二ヶ月、治療を受けながら施設の説明も受けていてなあ。試験的に使うところも体験しているのだ」

「お陰でこんなに調子が良くて。肌の調子まで見てくれるんですよ？　あら。フィルさん。これは大事でしたわ」

夫人に指摘されて思い出す。

「本当だっ。『肌荒れが気になる方もご相談ください。薬局では手に入らない専用の薬の調合も行《おこな》っておりますよ』……って感じでいいか」

「ええ。ふふっ。あの辺のお嬢《じょう》さん達の目の色が変わったわ。私が説明に向かいましょうか」

「おお。あそこに足を引きずっておる者が居るな。案内しよう」

そうして先王夫妻が案内に立つ。これはいけないと、案内用の職員の腕章《わんしょう》を着けた侍従《じじゅう》と侍女《じじょ》が走って行った。

「だ、大丈夫なのか？」

「ああ。まあ、隠密《おんみつ》ウサギは居るから」

「そうか……」

「それに、まさか先王夫妻だとは思わんし」

「……確かに……」

リゼンフィアは心配しながらも、納得するしかない。陰から見守ってくれるウサギ型魔導人形の優秀さは彼もよく知るところだ。

「さてと。こっちはもう任せるって決めてるし。神官達も手伝いに来るって言ってたからさ。飯食って、元男爵領に出かける用意するか」

「……」

完全に丸投げするらしいフィルズに、リゼンフィアは目を丸くする。

屋敷に戻ろうとしていたフィルズは、動かないリゼンフィアに気付いて振り向く。

「ん？　なに？　飯行かねえの？」

「っ、い、いや。その……本当にこのまま……見ていなくていいのか？」

「当たり前だろ。大丈夫だって。それなりに色々想定して用意してたし。ここまで来たら俺が出る幕ねえよ。それに、信頼して任せたんだ。別に放置するわけじゃねえ。報告は聞くし、問題があれば相談に乗る。それに、上手く回るように差配《さはい》したら、上のもんは下手に口も手も出さないのがいいんだよ。適材適所って言うだろ？」

「……そうだな……そうだ」

その表情の動きを見て、フィルズは目をすがめる。

「ふ～ん。アレだ。あんた全部抱え込む質《たち》だろ。全部自分で確かめないと気が済まないんだろ」

「っ……まあ……そうだな。間違いがあってはいけない」

「それはそうだが……それで、一度信頼した人は疑わないってやつだ。そんで裏切られて、次はこういうことがないようにって、更に意固地《いこじ》に仕事抱え込むタイプ」

「うっ……」

図星らしい。

「面倒くせ～。仕事できるのに要領悪い奴の典型的なやつじゃん……はあ……まあ、貴族って面倒くせえ生き物だしな。こっちと勝手は違うんだろうが……いつか潰れるぞ。そういう奴が倒れると、一番下までガタガタくるから厄介なんだよ……でもこればっかりはな～、性格もあるし」

そんなことを話しながらも歩き始めたフィルズを、リゼンフィアは慌てて追いかける。

「私のやり方は良くないいんだろうか……」

「そっちの仕事知らんから、俺も偉そうなこと言えねえけど、無理しそうだなって思うだけ。昨日、あんたが来た時に母さんが顔色見て気にしてたし」

「く、クラルスがっ……」

心配してくれてるんだと知って、頬《ほお》を緩ませるリゼンフィア。それをチラリと見て笑う。

「嬉しそうな顔しやがって。まったく、母さんに心配させんな。もうすぐばあちゃんも帰って来るし、そうしたら一発喰《く》らうかもよ？」

「うっ……努力する……」

「そうしろ。まあ、当たり前になってた仕事も、たまには見直すといいぜ。あとはやっぱ、誰かに相談したりしてみることだな。現場の話聞くとかさ。そういう時間も作れるように頑張れ。これ、商業ギルド長や神殿長からの受け売り」

「なるほど……」

「あと、賢者や神とかな～……」

「ん？」

「いや。何かまた、辺境の方が落ち着かないみたいだし、俺も頑張るか～」

「フィルは頑張り過ぎだと思う……」

カルヴィア国と隣り合う国々は問題を抱えてばかりだ。

盗賊達の母国だけでなく、辺境伯領と接する軍事国家もまた不穏な動きを見せていた。

父の心配そうな言葉を背中に受けながら、フィルズは家族の待つ屋敷へと向かう。

◆　◆　◆

そして、健康ランドがオープンしてから三ヶ月後。セイスフィア商会監修《かんしゅう》の大衆浴場《たいしゅうよくじょう》がオープンした。

領主であるリゼンフィアが、提案したフィルズに少しでも喜んで欲しいと気合いを入れて土地を確保した結果、最新鋭《さいしんえい》で最高の浴場が出来上がった。提案してすぐにフィルズは粗方《あらかた》設計図を引いており、土地が決定してからは、『異世界にスーパー銭湯を！』という名の、異常なほど熱意のこもった賢者の残した資料にも目を通して書き上げた。

一般的な様式の銭湯《せんとう》はもちろん、ジャグジー系のものから、水質を変えたもの、二階建ての屋上には、夜空を見上げられる露天風呂《ろてんぶろ》まで。更には女性にも大人気の岩盤浴《がんばんよく》やサウナも完備。中身は間違いなく地球のスーパー銭湯だ。

軽食ができる喫茶店《きっさてん》のような食事処も作ったため、休日は家族で一日中居られると評判だ。ついでにプールも地下に作った。リハビリに使えるだろうという目論《もくろ》みがあったのだ。温水を使った、少し温かい流水プールがメインだ。浅めに作ったので子ども達にも人気だった。

今日のフィルズは、この浴場を視察しがてら、ようやく整備が完了した競泳用のプールでの水泳指導をすることになっている。流水プールの客達も興味深そうに見ている。

海や湖、大きな川などが近くになければ、この世界では泳ぐという経験をまずしない。なので、競泳用の深いプールを、利用客も職員もどう使えば良いのか分からなかったのだ。

それを踏まえて、事故がないよう、今日まで水も入れずにいたというわけだった。そして今日、泳ぎ方を教える。指導者はフィルズで、騎士団の半数と、冒険者数名が参加することになった。

「それじゃあ、準備体操から」

「「「「おうっ」」」」

既に、このプール施設に通っていた者達は、準備体操というのが何か知っている。

一時間ごとにラジオ体操的な、『休憩《きゅうけい》と体操をしましょう』という放送がかかるのだ。当然のように音楽付き。

お陰で、毎日のように通っている子ども達が、これを鼻歌で歌って歩く姿が見られるようになった。洗脳《せんのう》され気味に体操しながら町を散歩するので、大人達はちょっと心配になっている。

一方で、朝起きてからこれをすると気分が良いとの評判もあり、町の休憩所で朝と昼に流しても良いかもしれないという話も出ていた。


♪～

『手を広げてゆっくり間隔《かんかく》を取っていこう』♪～、♪～

『前後も当たらないように』♪～

『では、まずは軽く跳躍《ちょうやく》から。高く跳ねなくていい。足下にも気を付けて。さん、はいっ』

♪っ、♪っ、♪っ、♪っ～

因《ちな》みに、この解説の声の主は、フィルズの母方の祖母であるファリマスだ。
この間《かん》、プールの奥の壁に、三匹のクマ達がお手本を演じる映像が流れている。子ども達は、これを観《み》るのも飽《あ》きないらしい。

『小さな子達は、できるものだけやりましょうね～♪』

「「「「はーいっ」」」」

間にクラルスの声も入る。それに応えるのも楽しいとのことだ。

『足の筋を伸ばすように、右足だけを曲げ、左足を伸ばしたまま伸脚《しんきゃく》』

♪～、♪～

『ゆっくり伸ばすだけでも大丈夫よ～♪』

こうして体操をしていると、騎士団長ヴィランズが同じように体操しながら話しかけて来る。

「フィル坊～、騎士団でも使える体操ってどうなった？」

「んあ？　ああ、最終チェックをフーマ爺にしてもらってるから、近々出来るぞ。けど、一度試してみてくれ。また連絡するわ」

「よっしゃ！」

このプールでの体操がきっかけとなり、健康ブームというか、体操ブームが来ていた。監修したのは、二ケ月ほど前に再会した祖母ファリマス。それとフーマだ。

始まりはフィルズが朝やっていたラジオ体操もどきで、これをファリマスとフーマ、ゼセラが知り、これはと思ったようだ。

そして、これには音楽があると良いんだとうっかり口にすれば、それならばとキラキラした目をした祖父リーリルが名乗りをあげた。こうして出来上がったのが、この準備体操だ。

♪〜♪〜

『足を肩幅より少し広く広げ、右腕を上に真っ直ぐ上げて、体を左横に曲げる』

♪〜、♪〜、♪〜、♪〜、

『脇腹をしっかり伸ばすように、左側も』

音のタイミングに合わせて、しっかり体をほぐしていく。

「く〜っ、これ、気持ちいいわ」

「体をほぐすっていいよな〜」

「ほっ、ほっ、ふっ、ふっ、伸びてる気がするっ」

騎士団員達が楽しそうに声を上げる。

正しく動けば、この準備体操だけでも、かなりいい運動になる。実際、ラジオ体操も正しく一つ一つの動きができれば、最後の深呼吸でホッとするほどのいい運動になるものだ。

『最後に、大きく手を回しながらゆっくり深呼吸』

♪〜〜〜♪〜〜〜

『お疲れ様でした〜。この後も怪我のないように〜。では、また♪　ごきげんよう♪』

「「「「ごきげんようっ！」」」」

最近では、子ども達だけでなく大人達も言うようになった挨拶《あいさつ》だった。

「よしっ。それじゃあ、水の中に入って行くぞ。意外に深いから、気を付けてくれ」

「「「「はいっ」」」」


こうして、初めてのこの日は、感覚がいい者達ばかりということもあり、全員がビート板もどきを使って二十五メートルを泳げるようになって終わった。

しばらくの間、競泳用プールは今の講習を受けた者達だけ使用するようにした。週二で二つのクラスに分けて講習を開き、それ以外の日は来られる者達で自主練。そして、ひと月でクロールと平泳ぎが問題なくできるようになった。

因みに、この施設の管理、監督《かんとく》をするのは、ビーバー型の魔導人形だ。子ども達と一緒に流水プールで流れていたりする。

管理者、監督者としての人も居るが、この魔導人形だけでかなり安全は確保できていた。もちろん、当然のようにこのビーバー型の魔導人形も大人気だ。

「ビルパのおやっさんっ！　今日も勝負しましょう！」

「ビルパさん俺もっ、俺もっ！」

「はいはいっ！　俺も！」

「おやっさん、俺らも行くぜ！」

《おめえらはよお。ほんと、しゃあねえのお。ほれ、やるならやるぞい》

「「「「うぃっす！」」」」

ビルパという名のビーバーがプール施設のリーダーだ。他のビーバーより二回りほど大きく作られている。特におっさん達に人気だった。呼び方は『おやっさん』または『ビルパさん』だ。

泳げるようになった騎士や冒険者達は、彼との競泳プールでの競争を毎日のように楽しんでいた。

そして、温泉施設でも同型のビーバー、ビーナが管理者リーダーとして居る。ビルパとビーナは夫婦設定で作られていた。

プールから上がった騎士や冒険者が、ビーナを見つけると頭を下げる。

「あっ、ビーナママさんちわっす！」

「「「「ちわっす！」」」」

《あらあら～。久し振りじゃない。無事に護衛のお仕事終わったのねえ》

「はいっ。終わって即行で来たっすわ」

「疲れも取れて最高でした！」

「あとはメシを食ったら即寝れる！」

《まあまあ。元気ねえ。あっ、ほら、きちんと髪を乾かしなさい》

「忘れてたっ」

《まったく、困った子達ねえ。こっちにいらっしゃい》

「「「「はいっ！」」」」

世話好きなお母さんという感じで、親元を離れていたり、孤児上がりだったりする冒険者達は、母親のように慕っている。それに女性達にも人気で、特に若い子達が慕っていた。

「ビーナさ〜んっ。ねえっ。見て見てっ。マイタオル！　やっと買えたのっ」

「私も私も〜っ」

《おやおや。目印付けておかないと、困ることになるよ？》

「あっ、そ、そっかあ……嬉し過ぎて買ってそのまま持って来ちゃった」

「私も……」

《まったく、困った子ねえ。ほら、名前刺繍《ししゅう》してあげるよ。こっちにおいで。ああ、自分でやるかい？》

「「やって！」」

《本当に仕方のない子達だねえ》

そんな新たな人気者達は、日に日に人気度を増していっていた。

浴場も人気だが、健康ランドも多くの人が出入りしている。同時に、セイスフィア商会も、他領からの顧客を着々と獲得していき、今や国内の商家や貴族達で知らぬ者は居ないというほど有名になっていた。

商会は順調。人も多く雇い、フィルズは次の研究へと取りかかっていた。

「ここなんだけどさあ」

「はあ〜、なるほどなあ、確かに、ここが上手く動きゃあ……分かった。ちょい試してみるわ」

「頼むわ。ルカ爺っ」

「おうよ」

この度、隣の辺境伯領に住んでいた職人達がセイスフィア商会所属になり、住み込みで働いてくれることになった。その多くは、店を息子達に継がせて任せて来た年配の者達だ。

彼らには、フィルズと共に新たな物を作り出し研究することを任せていた。

「それにしても、フィル坊。これは出来たら革命《かくめい》を起こすぞい」

「おおっ。それじゃ！　革命じゃ！」

「燃えるのおっ」

技師として雇い入れた者達の中には、若い者達も居る。修業から始める者も含まれていた。どんな技術も、次の世代へと継いでいかなければ意味はないからだ。

子どもは多く居ても、継がせられる店がないというのは、貴族家の事情とそう変わらない。よって、三男以降の者達は、大半が長男や腕の良い職人の補佐につくことになる。素質があっても、年長の者を立てて腕を振るわないでおくというのは、一家で店を構える技術職の中では常識だ。

生まれた時からそれが当然であるため、下の子ども達もそのことで不満を抱きはしない。

兄弟で憎み合うことなく、慣習を受け入れられるのは良いことかもしれない。

しかし、技術の進歩のためには、競争が必要だとフィルズは思っていた。

「そうだっ。ひと月前に引き取ったルカ爺の孫さあ、あいつ、こっちに手伝いに来させてもいいか？　どうにも覇気《はき》がなくてさあ」

「エルか……」

ルカ爺の孫のエルは、次男だ。兄である長男と上手くいかなかったらしく、喧嘩《けんか》ばかりで修業にもならないということで、一時的に商会で預かることになったのだ。

「なんか、やる気があるのかどうかも分かりにくくてさ。幸い、うちは他の道も用意してやれる。鍛冶師《かじし》に拘《こだわ》る必要もないから、鍛冶をやる気があるかないかだけでもはっきりさせたいんだよ」

「……そこまで面倒を見てもらっていいのか？　というか……そうか……無理に鍛冶師にすることもないのか……」

鍛冶師の家の子なら、必ず鍛冶師として働くものだという考えは根深い。子ども達の側にも、鍛冶師にならなくてはという強迫観念《きょうはくかんねん》めいたものがある。

だが、フィルズとしては向き不向きがあると思っている。嫌だと自覚していないだけではないか、という心配もあった。

「身内同士でも、合う合わないがあるんだ。性格だって違う。なら、職の向き不向きだってあって当然だろ？」

「「「「っ……」」」」

そうかと納得する雰囲気《ふんいき》になった。この地へ来て、年配の者達は色々と衝撃を受け、固定観念が崩されることもしばしばあった。お陰で、柔軟な考え方になって来ている。

「それもそうだなあ……分かった。こっちを手伝わせてみるわい。おめぇらも、見極めてもらっていいか？」

「もちろんだわい」

「うちの孫も見て欲しいなあ」

「こっちに来て、いかに視野が狭まっとったか、よお分かるでなあ。今なら、孫らの技量や考え方もよお見えそうだわい」

職人である彼らは、どうしても自分一人の作業に没頭《ぼっとう》しがちになり、家族との関係が薄くなっていた。商会の活動を通して、それに気付いたらしい。

「そんじゃあ、じいちゃん達に任せるからな」

「「「「おうっ」」」」

これで若手の教育もスムーズになりそうだ。上手く回り出したと思ってフィルズが気分良く作業場から屋敷に向かうと、そこに、兄のセルジュが暗い顔で待っていた。

ミッション②　学舎の視察をしよう

フィルズは気分でも悪いのかとセルジュに問いかける。

「兄さん？　顔色悪いぞ？」

「あ……うん……大丈夫。ちょっとフィルに相談があるんだけど……」

「ふうん……執務室か食堂、どっちがいい？」

他の者に知られたくないような内容かどうかの確認だ。食堂は、食事時以外にも、人が集まって来ていつも賑やかな場所だ。気楽に話をするならばお茶もお菓子も出て来るし、使い勝手が良かった。しかし、そういう雰囲気の話ではなさそうだ。

「えっと……執務室で」

「分かった」

階段を上り、二階へと向かう。その途中、クマのゴルドと行き合った。

「ゴルド。お茶を二つ、執務室に頼む」

《承知しました》

学習機能も順調に育っており、ゴルドはスムーズに話すようになった。ただし、同じく屋敷勤めのクマの中でも、ホワイトだけは舌足らずなままだ。これは学習機能が上手く機能していないのではなく、本人（？）の意向。そうして個性を出すこともできるようになったということだった。

執務室に入り、フィルズは奥にある執務机の上に目を向ける。急ぎの確認書類が置かれていた。それを確認して、セルジュに断っておく。

「悪い。ちょっと急ぎの書類を片付けるから、座って待っててくれ。その内に茶が届くだろう」

「分かった……相変わらず忙しいんだね……」

「それほどじゃないと思うんだけどな。親父よりは、上手く他に振り分けてるつもりだからさ」

フィルズは、リゼンフィアが居ない場所でセルジュやクラルスと話す時は、家庭再生という宿題が終わるまで呼んでやらないと決めた『親父』という呼称を使う。

セルジュとクラルスはその事情を知っているため、フィルズがリゼンフィアを『親父』と呼ぶ度《たび》に笑いそうになる。

「ふふっ。はあ……私も見習わないとな……」

セルジュは座り心地のよいソファーに座り、フィルズの作業するところを見る。

「……父上が仕事をされているところも見たことがないのに、弟が仕事をするところを見ることになるなんて……なんか変な感じ……」

「そういや、俺は屋敷の執務室に入ったことないなあ」

「私もだよ。父上としては、執務室だけは自分だけの……他の人に入ってもらいたくない場所なのかも」

「なるほど……まあ、でもそうか。逃げ込める場所みたいな？」

「ふふっ。多分」

構って欲しいからと絡んでくる第一夫人とも、執務室にさえ入ってしまえば顔を合わせなくて良い。元高位貴族の令嬢ともなれば、執務室に踏み込むのはいけないこととして教え込まれている。

執務室は男のための仕事部屋。父の大事な場所として認識されているのだ。近付くことさえ、無意識に避ける。リゼンフィアにとっては、屋敷の中で唯一の安全地帯だったのかもしれない。

そこに息子であるセルジュを入れてしまえば、第一夫人がそれを理由に侍女に伝言を持たせるなどして、近付いて来る恐れがある。将来的にはセルジュに仕事を教えるためにも、入れなくてはならないだろうが、必要になるまでは極力避けたいと思っているのだろう。

「そういや、クルフィはどうした？」

クルフィとは、フィルズがセルジュの護衛《ごえい》兼、侍従として作ったウサギの魔導人形だ。クマ同様に二足歩行し、セルジュの補佐をする。騎士然とした制服を着せ、腰には武器になる警棒のような物も持たせている。

小さな腰に付けた鞄《かばん》はマジックバッグで、セルジュを世話、補佐するための道具や必要な物が入っている。セルジュの宝物入れとしても利用していて、まさに歩く金庫というわけだ。本来は護衛なのだから、屋敷の中でも常に一緒に生活している。

「その……ちょっと屋敷の方がバタついてるから、カナルの手伝いをお願いしたんだ。またカナルに倒れられては困るし」

カナルとは、公爵家の家令《かれい》だ。リゼンフィアの留守を預かる優秀な家令だった。

「あっ、でも心配しないで。ここには、ヴィランズ団長に送ってもらったんだ。あと、今日は泊めてくれると嬉しいな……」

「別にそれはいいが……何があった？」

フィルズは書類の確認を終え、決裁《けっさい》済みのケースに入れると立ち上がってセルジュの向かいのソファーに座った。そこに、タイミング良くゴルドがお茶とお茶菓子の載ったカートを引いてやって来た。

《失礼いたします》

ここのテーブルは少し低めなので、クマの身長を補うリフトカーを使う必要はない。ゴルドは手慣れた様子でお茶をセットしていく。絶妙な時間で蒸《む》らされたお茶をカップに注ぎ、それをそっとセルジュの前に置いた。

そんなゴルドへ、フィルズは決裁用の書類をまとめたケースを指差す。

「ゴルド。書類も持って行ってくれ。商業ギルドへの書類は、すぐにでも出していい」

書類は、クマ達が台に乗って届くくらいの高さの棚の上に、それぞれの用途、部署《ぶしょ》ごとに仕分けられたケースに入れられている。

《承知いたしました》

「それと、兄さんは今日泊まって行くから」

《では、お部屋の確認をさせておきます》

「頼んだ。母さんにも言っておいてくれ」

《お伝えいたします。では、失礼いたします》

そうして書類を回収し、カートを引いて部屋を出て行くゴルドを見送り、セルジュはほうと感心したように息を吐く。

「相変わらず、すごいね。カナルを見てるみたい……」

「まあな。カナルも参考にさせてもらったからさ。けど、カナルがそんなに苦労してるなら、様子を見て屋敷に一体、補佐用のクマを付けようか」

「いいの？」

「問題ない。寧《むし》ろ、気付かんくて悪いことしたな。最近は全くカナルの顔も見てないからさ」

「ううんっ。けど、カナルにも一度相談してみて欲しいかな……」

「分かってるよ。カナルの仕事の領域を侵《おか》すことにならんようにしないとな」

大変そうだからといって、勝手にやるのは違うだろう。仕事に誇《ほこ》りを持っている人に対してそれをすれば、自信を失《な》くさせるか、目障《めざわ》りに思われるかもしれない。

周りには大変に思えていても、本人はできていると思っていることもあるのだから。

セルジュは、淹《い》れられた紅茶に口をつける。

「はあ……美味《おい》しい……お茶の淹れ方ひとつ取っても、本当に腕がいいよね」

「専門家の知識を入れてるからな。それで？　どうしたんだ？」

温かいお茶を飲んだからか、セルジュの顔色は格段に良くなっていた。けれど、気持ち的には暗いままのようだ。それだけ困ったことなのだろう、とフィルズは改めてセルジュに向き合う。

カップを置き、少し俯《うつむ》いた後、セルジュは口を開いた。

「……エルセリアのことなんだ……」

「……」

一瞬誰だっけと思った。それは、久しく存在さえ忘れていた異母妹の名だった。

黙り込んだフィルズの顔を見て、セルジュは察した。ため息交じりに補足する。

「……妹のことだよ」

「っ、お、おうっ。あ～、うん、居たな。七歳だっけ？」

「……十一だよ。フィルの一つ下だからね……？」

「あ～……そうなのか……」

「うん……」

フィルズにとっては、少しばかり気まずい沈黙が落ちる。

交流もしばらくなかったので、フィルズの中では年齢が少々止まっていた。気にも留めていなかったというのがバレバレだ。

セルジュもフィルズが忘れているかなと少しは思っていたため、それ以上何も言わずに静かに肩を落とした。

「そ、それで？　何が問題なんだ？」

フィルズは、話を進めることにする。気まずさにいつまでも沈黙していては進まない。セルジュも気持ちを切り替えたようだ。

「それが……母上が別館に移ったこともあって、エルセリアについていた教師を替えることになってたんだけど……」

「ああ、女用のマナーの教師か」

「うん」

事の起こりは少々複雑だ。

貴族社会における夫婦間、男女の認識の違いについての問題が明るみに出たのは、半年ほど前のこと。

女は婚約者となった男を盲目的《もうもくてき》に愛し、自身も愛されるのが当然と考えるのが貴族の令嬢達の常識だった。これにより、話も聞かない思い込みの激しい女性が出来上がっていたということに、誰も気付かなかった。本来それをおかしいと思い、意見するべき男達は、そんな女性達に辟易《へきえき》し、他所《よそ》に愛する者を見出《みいだ》す。

そうして男達は第二、第三夫人を迎えるのだが、第一夫人には受け入れ難い。愛されるのが当然と思い込んでいる彼女達は、自分の不甲斐《ふがい》なさを嘆《なげ》くこともせず、夫になった人の浮気心を責めるのでもなく、夫を誘惑《ゆうわく》したとして第二、第三夫人へと怒りを向けた。

そうして拗《こじ》れまくる家庭に嫌気が差し、男性達は仕事に逃げる。女の戦いに男は口を挟まないのが常識とされていたこともあるし、思い込みの激しい第一夫人に正直に説明したところで、話を聞かないということもあり、家庭環境は最悪なものになる。それがこの国の貴族階級の問題だった。

セルジュやフィルズの生家である公爵家も例に漏れず、最悪な状況だったのだ。

縁あって国王に訴えかけたところ、これを問題視し、国を挙げて解決すべきものだと認識された。

そして手始めに、セルジュの母である第一夫人を教会の力も借りて説き伏せた。これにより、第一夫人は、かつてフィルズとクラルスが暮らしていた別館で、現在一人暮らしをしている。

「今までの教師は母上を令嬢時代の頃から可愛がっていた人だったし、父上やお祖父様達が良くないだろうって言って、辞めてもらった。それで、次の教師が見つかるまでは、教会の女性神官様が見てくれることになったんだ」

マナーの教師は学問を教える者とは別口で用意される。それも、男女それぞれに一人ずつだ。

男児の方は、家を継がない結婚待ちの貴族の三男以降の者が教え、女児の方は、子どもが家を継ぐなどして女主人としての役目を終えた女性が教える。

年齢も重ねて、それなりに落ち着いたとはいえ、今まさに問題となっている考え方でこれまで生きて来た人だ。そんな人材に任せ続けるのは良くないと思うのは当然だろう。

「けど……その……エルセリアは既にそれこそ、七歳の頃にはもう、母上と同じような……」

「癇癪《かんしゃく》持ちだったよな……」

「……うん……気に入らなければ食事の皿も振り落とすし、物も投げつけるし、使用人には命令口調……私も、子どもだからと目を瞑《つむ》って来たけど……」

「……え？　まさか、あのまんまなのか？」

「……うん……」

「うわ～……」

七歳児の癇癪持ちならば、まだギリギリ目を瞑れた。時に優しく諭《さと》しもした。だが、それが今も続いているというのには、さすがのフィルズもドン引きだった。

セルジュは、ソファーに背中を預けて、顔を両手で覆《おお》って天を仰《あお》いだ。

「言いたいことは分かるっ、分かるよっ。もうダメダメでしょっ!?　女性としてって以前に、人としてっ。神官様にも、日常的に物を投げつけてたんだよっ。それを知って、本当に申し訳なくてっ……っ」

「……親父にはそのこと……」

「まだ言ってない……私も、数日前に知ったんだ。カナルが、エルセリアになるべく関わらなくて良いようにしてくれていたらしくて……その……どうやらエルセリアは、母上が別館にやられたのは、私とフィルのせいだと思ってるらしいんだ……」

「……なるほど……」

それはカナルも、気を遣うだろう。ただでさえ癇癪持ちなのだ。敵と認定されたセルジュと彼女が顔を合わせれば、間違いなく面倒なことになる。

「多分、神官様も色々と諭しているんだと思う……けど、本人は全く聞く耳を持たないから……今日も、部屋から神官様を追い出してたんだ……」

「……はあ……」

大きくため息を吐いて、フィルズはソファーの背もたれに両腕を掛けると、部屋の隅《すみ》に顔を向けて声を掛ける。

「メモリー。神殿長《しんでんちょう》室に入電。公爵家に派遣《はけん》している教師役と話がしたい。面会できる時間を教えて欲しいと伝えてくれ」

《はい。神殿長室、トマリーへ。お伝えしました》

部屋の隅、戸棚の上に居るのは、灰色の梟《ふくろう》だ。もちろん、フィルズの作った魔導人形だった。

声は若い青年のもので、これは神官に吹き込んでもらった。

携帯《けいたい》電話代わりの装身具《そうしんぐ》──イヤフィスで連絡しても良いが、相手は神殿長だ。彼は公爵領のみならず、国中の教会をまとめている高位の神官である。留守電機能を付けたからといって、礼拝中などに連絡するのは避けたい。

神殿長自身も、外に出かける時くらいしかイヤフィスを付けないことにしていた。もちろん、留守電機能があるため、外している間もそれは機能している。だが、ついつい留守録を聞くのを忘れてしまうこともある。

ならばと、イヤフィスの管理もできる秘書的な存在を作り、神殿長室に用意した。それが『トマリー』という真っ白な梟。トマリーは神殿長室に常駐《じょうちゅう》しており、外部や神官達からの緊急の案件などを伝言として預かり、神殿長が外出中ならばイヤフィスに繋いで連絡もできる。

《神殿長室、トマリーより返信あり。【今すぐ行きます！】とのことです》

「「……」」

相変わらずフットワークの軽過ぎる神殿長だ。神殿長からの返信を聞いて、室内には微妙な沈黙が落ちた。

神殿長シエルが女性神官一人を伴《ともな》ってやって来たのは、フィルズとセルジュがお茶受けのクッキーを数枚食べ、紅茶を一杯飲み切った頃だった。

《では、ごゆっくり》

案内して来たゴルドが二人分の紅茶を追加し、フィルズとセルジュの前には、二杯目の紅茶が用意されていた。

「……こんなすぐ来るとは……」

「いいじゃないですか。丁度お茶をしようとしていたところだったんですっ」

「……仕事に支障がないならいいが……」

フィルズは嬉しそうな神殿長を見てため息を吐き、次に気を取り直して、もう一人の来客、女性神官の方へ顔を向ける。年齢は三十代くらいで、母クラルスと同じ年頃に見える。

フィルズがセルジュの横に並び、フィルズの向かいに神殿長、セルジュの前に女性神官が座っていた。

「え～っと、呼び立てて申し訳ない。確か……アンリさんでしたよね」

「はい。エルセリア様のマナーの教師を任されております」

女性神官は、ほとんどが落ち着いた穏《おだ》やかな人柄だ。こんな人に、物を投げるとかやめて欲しい。

フィルズとセルジュは、二人揃って座ったまま頭を下げる。

「面倒なことを頼んで申し訳ない」

「私からも、妹がご迷惑をかけて申し訳ありません」

「っ、そんなっ。おやめくださいっ」

女性神官が慌てて腰を上げる。これとは正反対に、神殿長が紅茶に口を付けながら、ゆったりとした様子で微笑《ほほえ》む。

「いいんですよ、フィル君。他から見たら面倒で、問題のある子の方がこちらもやる気になりますから」

「……それは神殿長の好みとか趣味じゃないのか？」

「おや。こんなにもフィル君に好意を見せているのに、心外です」

どういうことだろう、とフィルズは眉根を少し寄せて首を傾げる。だが、セルジュは理解したらしく、今日初めて笑った。

「フィルは面倒な問題児じゃないですよね」

「ええ。フィル君は違いますから」

「……？」

やはり意味が分からないと更に顔を顰《しか》めていると、女性神官も笑っていた。

「ふふっ。その……お世話のし甲斐《がい》がある方の方が、わたくし達は嬉しいのです。一緒に考え、困難を乗り越えていくことで、わたくし達も自身を磨《みが》くことができますから」

「「……なるほど……」」

フィルズもセルジュも、心底から感心した。神官達は、多くの人が苛立《いらだ》つことでも、穏やかに受け入れる姿勢で対応できる。それは、巡り巡って自分達に返って来るのだと信じているから。

実際そうして戻って来たと実感することは多いのだろう。だから、いつでも真摯《しんし》に誰もに向き合おうとしてくれる。

「尊敬します……」

「器《うつわ》が大きい……」

「まあ……っ、ありがとうございます」

おっとりと穏やかに笑うアンリの様子に釣られて、フィルズやセルジュも笑っていた。だが、ゆっくりとアンリは表情を曇《くも》らせていく。

「ですが……わたくし達のやり方ではお嬢様には良くないかもしれません……」

「いくらでも時間を使っても良いというならば良いのですけれどねえ」

神殿長もこれには同意していた。フィルズは少し考え、思い至る。

「ああっ……なるほど。今十……一？　だと、学園に行くまであと五年……それまでにある程度できるようにするってなると、難しいかもしれないのか」

「ええ。我々のやり方は、時間をかけて教え、諭していくものですから。いつまでにと限定されると、確実なことは言えません」

それこそ、何年もかけて心を開き、信頼関係を築《きず》き、解決していくのが神官達のやり方だ。

「貴族の教育ってなると向かないのか……」

「どういうこと？」

セルジュに尋ねられ、フィルズが答える。

「本来の教育係のやり方なら、無理にでも発破《はっぱ》をかけてやる気を出させる。けど、神官さん達はあくまで自主性を重視するから、やる気が出るまで、信頼関係を築きながら待つって方針なんだよ」

「あっ、だから、学園入学までにって期限があると、確かなことが言えないってことか……」

「困るよな？　まあ、できなかった、やらなかったのは本人が悪いってのもある。学園でできない奴って見られるのは、自業自得《じごうじとく》だ」

「……それは……そうだけど……でも、そうだよね……」

教えられなかった教師が悪いとも言われるだろうが、一番気まずいのは本人だ。

「そんで、他の貴族からして見れば、無能な教師しか雇えない家だって陰口叩きたくなるよな」

「っ……」

「ほんと、だから貴族って嫌だぜ。まあ、公爵家で良かったよなっ。他の奴らもはっきり聞こえるようには言わねえって」

「そういう問題じゃないよね!?」

セルジュは、家の名にも傷を付けることになるかもしれないと知り、最初よりも危機感を覚えたようだ。

他人事のように言ったフィルズだが、ここで改めて対策を考えてみる。腕を組んで、背もたれに体を預けて、天井を向いて目を閉じる。

「まあ、けど、兄さんまで『あんな妹が居る兄』とか言われるのは俺も嫌だし……」

「っ、フィル……」

自分のことを思って考えてくれていることに気付き、セルジュは感動で目を潤《うる》ませる。だが、それに目を向けることはなく、フィルズは考え込んでいた。

神殿長は、フィルズがどんな対策を立てるのかを待つ。アンリも期待するような目でフィルズを見ていた。そして、フィルズの中で答えが出る。

「よしっ。要はあいつにも危機感を与《あた》えればいいんだよっ。プライド高いのは分かってるし、そこを利用する」

「……けど、このままじゃダメだって言っても、理解できないと思うよ？」

理解できたとしても、それこそ自分ができないのは、教える人が悪いと周りを責めるだろう。それでは困る。ならばとフィルズはニヤリと笑った。

「言って理解できないなら『やってみろ』だ」

「やってみろ？」

フィルズは早速、その算段に入った。

◆　◆　◆

フィルズがセルジュにエルセリアの状況について相談を受けてから十日が経った。

この日、二日前に帰領していたリゼンフィアは、前日に何とかまとめられていた仕事を終え、今日は朝からセルジュと共に離れの屋敷に向かっていた。

その足取りがやけに早いのは、本邸を出る直前に、エルセリアの部屋から癇癪を起こす声が聞こえ、逃げて来たからだ。

『わたくしがお姫様に見えないじゃないっ』

「「……」」

リゼンフィアとセルジュは、頭が痛いと、揃って額を押さえる。

「……セルジュ……本当に上手くいくと思うか？」

「どのみち、一度はきちんと現実を見せないといけません……理解できる頭があるかどうかは……誰も保証してくれませんが……」

「そうだよな……ここまで酷《ひど》いとは……っ」

何日か前、フィルズも『せめてできないことを理解できる頭があるといいよな～』と笑っていた。

「学園に行く前に気付いて良かったとフィルも言っていたではありませんか。このまま放っておいたらと思うと……恐ろしくて眠れなくなりそうです」

出かける時に『自分をお姫様に』と言うような十一歳。町にも出るようになって、一般的な十一歳の少女を知っているセルジュにとっては、寒気がして仕方がない。

「『王子様と結婚するのが当然だ』とか言いそうですし……」

「っ、そっ」

「あんなのを王家になどやれませんよ？　いくら何でも、王家に失礼です！」

「も、もちろんだっ」

「というか今のところ、恥ずかしくてどこにも出せません」

「そうだな……」

「「はあ……」」

重々しくため息を吐いた。そして、その原因になった者をこれから迎えに行く。

離れの屋敷で二人を出迎えたのは、簡素なワンピースを着た、化粧《けしょう》っ気《け》もなくなった第一夫人であるミリアリアだ。

「お、お久し振りでございます。旦那様《だんなさま》……」

「ああ……」

この離れの屋敷では、今は、二日に一度神官とメイドが部屋の環境を確認しに来る以外、ミリアリア一人で暮らしている。食事のためのパンが毎朝厨房《ちゅうぼう》に届けられ、二日に一度の神官とメイドの訪問時に食材が届く。簡単な料理も自分ですることになっているのだ。

身支度《みじたく》も自分でしなくてはならないため、本邸で暮らしていた頃のように、派手なドレスを着て、化粧をし、髪を複雑に結《ゆ》うことなどできない。一般的なワンピースを着て、髪を一つに縛るくらいが精々《せいぜい》だ。

お陰で、リゼンフィアには何度見ても別人にしか見えない。勝ち気で、自分は誰よりも愛されていると言って憚《はばか》らなかった様子も、今は感じられなかった。

その結果、リゼンフィアもミリアリアも、お互いどう接すれば良いのか分からず、気まずさから目を合わせることさえできなくなっていた。

仕方なく、セルジュが声を掛ける。

「母上。準備はよろしいですか」

「っ、ええ。でも、その……こんな格好で外に出るなんて……お化粧もしていなくて……貴族として孤児院へ行くなら、もっときちんと……」

今日、公爵家の面々は孤児院へ行くことになっている。

貴族達が孤児院を視察する時は、お忍びであっても、それなりの格好をする。どんな場所でだって、身分の違いを見せ付けようとする傾向が強いためだ。

相手側である孤児院の子ども達も、そうした格好の人への態度には気を付けようと学ぶ機会になるため、悪いことばかりではない。

だが、それでは孤児院の本来の姿を見ることはできないだろう。だから、貴族達の視察は意味がないというのが、本当のところだ。

そんな事情を知るはずもなく、ただ、ミリアリアは今の姿では相応《ふさわ》しくないと思っているようだ。何よりも、この格好で外に出ること、人前に出ることに抵抗があるらしい。

セルジュも、久し振りに見た母親の姿に、思うところはあった。

以前は侍女達によってきっちりと油でまとめられていた髪は、本来の傷《いた》みが目に見えて分かるようになっている。それに、顔は腫《は》れぼったくなっていた。

日々のスキンケアは大事だと言うクラルスや町の女性達を見ているセルジュには、それが肌荒れのせいだと分かっていた。化粧をやめても、ケアをするということに思い至らないのだろう。貴族ではない、自分達で何でもできる人達と比べると、ミリアリアが本当に何もできないのだとよく分かる。

「……もう少しきちんと整えるのは必要かもしれませんね……」

「っ、そ、そうよねっ」

またドレスを着せてもらえると思ったのだろう。期待するように目を輝かせるミリアリア。それに、セルジュはため息を吐く。

「勘違いしないでください。もう少し整えるくらいです。ドレスを着て、きつい化粧の匂いをさせるようでは、迷惑になりますから」

「……あ……」

セルジュは、ミリアリアがこちらに移ってから、言うべきことは、はっきりと口にすることにしている。

ミリアリアに限らず、貴族特有の婉曲《えんきょく》な言い回しでは、相手に都合のいいように捉えられて、本当に伝えたいことが伝わらないのだ。

迷惑ならば迷惑とはっきり告げる。甘えは許さない。それは、家族だからこそできることだ。厳しいことも、言わなくてはならなかった。

リゼンフィアは驚いてセルジュを見ていた。そして、そうだったと思い直す。こうして毅然《きぜん》とした態度で向き合うべきだと理解した。妻への接し方が分からなかった彼は、息子に教えられるという不甲斐なさに少し肩を落としつつ、気持ちを切り替える。大きく息を吐いてからミリアリアへ顔を向けた。

「エルセリアの用意もある。屋敷に移動し、早急に身なりを整えてくれ。出発までにそれほど時間はないぞ」

「わ、分かりましたっ」

きちんとリゼンフィアの言葉を聞いたのは久し振りで、ミリアリアは動揺しながらも少し嬉しそうに、本邸へと向かうために背を向けた彼の後に続いた。

そんな様子を数歩離れて見るセルジュは、今日のこの後の予定を思って不安になった。

「……はあ……身支度だけでもこれとは……先が思いやられる……フィル……恨《うら》むよ～……」

大変な一日になりそうな予感に、既に涙目になるセルジュ。今日は、始まったばかりだった。

◆　◆　◆

エルセリアは、久し振りに出かけられると聞いて、朝から張り切っていた。

若干の不摂生《ふせっせい》のせいもあり、彼女は少しふくよかな見た目をしている。だが、本人としては、鏡で見てもそれほどとは思っていないようだ。

それは、母親であるミリアリアが幼い頃から『将来は絶対に美人になる』と洗脳するように言って来たせいでもある。そのため自分は、大人になればとても美しい女性になれると、絶対の自信を持っていたのだ。ただし、それは以前の話だ。自身が離れに移動してから娘が目に見えるくらいふくふくして来たことを、ミリアリアは知らない。

メイド達も、何度もお菓子の食べ過ぎは良くないと注意、進言して来たが全く聞かなかった。それならばと少なくすると、お茶をぶっかけながら、もっと持って来いと怒るし、勉強を少しやれば、飽きたと言ってお茶と菓子を持って来させる。

次第にメイド達も、一応注意はするが、内心では好きにしろと諦《あきら》めた。

「ちょっとっ、もっと可愛くしなさいよ！　こんなんじゃわたくしが目立たないじゃないっ」

文句を言う姿が母親であるミリアリアのかつての様子とそっくりで、長年この公爵家に仕えているメイド長は、青筋を立てそうになるのを上手く誤魔化《ごまか》しながら告げる。

「……本日は、孤児院の視察でございます。着飾る必要はございません」

表情を隠すのに必死なため、エルセリアの前ではどうしても無表情になってしまうことを、メイド長としては気にしている。

「孤児院ならなおさら、完璧《かんぺき》なお姫様を見たいはずよ！　髪型も問題だけど、ドレスじゃないなんて許されないわっ」

「……」

『完璧なお姫様』がどこに居るのか、と心の中では悪態をつきそうになるが、メイド長も聞いているメイド達もぐっと堪《こら》える。

「……孤児院は通路も狭く、このようなドレスでは、動きに支障が出ます」

エルセリアが求めるのは、ピンクのヒラヒラが多いボリュームのあるドレスだ。ガーデンパーティ用にと作らせていた物だった。

だが、ミリアリアが居た頃に頼んだそのドレスは、はっきり言って今のぽっちゃりした見た目では、更に太って見えるデザインだ。自分が着たらどうなるかなど、ドレスの見た目だけを重視するエルセリアには理解できていなかった。

メイド達は、せめてもの情けと言うように、体格以外のことに話題を向けて説得を図っていた。

「はあ!? このドレスでダメなんて、どんな狭さよ！ そんな所に子どもを閉じ込めてるなんてっ。教会は何をやっているの!?」

『横幅を増やしたのはお前の体だろう』と思っても口にはしない。メイド達は、この頃自分達の性格が悪くなっていくような気がしていた。

元々、エルセリアに付いていたメイド達は、彼女やミリアリアを全て肯定してしまう者達だった。リゼンフィアの方針でそれらを降格させたり、辞めさせたりしたため、今ここに居るのは常識も良識もある者達だけだ。

彼女達はリゼンフィアやセルジュから『エルセリアを甘やかさないように』と言われているため、その目は厳しい。その上、エルセリア自身の日頃の行いを知ったことで、誠心誠意《せいしんせいい》仕えようと思うことは全くなくなってしまっていた。

他のメイド達が『頑張れメイド長』と応援する視線を送る。それを受けて、メイド長は何とか心を落ち着け、納得してもらおうと心を砕く。

「……一般的な家では普通の幅でございます。問題ございません」

「じゃあ、わたくしがお姫様に見えないじゃないっ。ドレスが着れないなら、意味ないわ！」

「「「……」」」

さすがのポーカーフェイスなメイド長も、眉根が寄るのを抑えきれなかった。服を用意したり、髪型を整えたりしている他のメイド達も同じだ。そして誰もが思っていた。

『こいつ本当にやべえな……』

常識以前の問題だ。物事を知らな過ぎる。ミリアリアも世間知らずなところがあったが、それなりに口に出して良いことと悪いことは分かっている大人だった。

しかし、エルセリアは十一歳とはいえ精神が幼い。何も学ぼうとしないし、ミリアリアがお手本であり、全てだったのだ。彼女が居ない今、何が悪いか良いかも分かっていない。


メイド長が何とか上手く言い含め、納得させるのにそれから五分。準備が整うのにまた五分かかった。時間は迫って来ており、メイド達の動きは最速だ。

「ふんっ。まあ、これならいいわ」

「「「……」」」

ようやく納得してくれた。出来上がりは、髪に様々な色のリボンを沢山《たくさん》付けて編《あ》み込み、ドレスの地味さを誤魔化したようなもの。

メイド達ももう意地になり、言われた通りにしか動かなかった。沢山のリボンで髪を飾ったのはエルセリアの提案だ。一つで十分だと言っても聞かなかった。はっきり言って趣味が悪い感じだが、本人が納得したならもういいかと、メイド達は死んだような目をしている。そしてメイド長の横に並んで、部屋から出て行くエルセリアの後を追う。

彼女達が階段を降りて行くと、入り口にはもう、リゼンフィアとセルジュ、そして、シンプルな見た目になったミリアリアが待っていた。

エルセリアは得意げに鼻を膨らませ、胸を張って声を掛ける。

「お待たせいたしましたわっ」

「「「っ……」」」

振り返った三人は、エルセリアの姿に顔を引き攣《つ》らせた。

ミリアリアは真っ青だ。確実に、彼女が知っているエルセリアとは体形が違っていたため、余計に衝撃を受けていた。

「え、エル……っ？　な、なんなの、そのすがっ」

その先は言わせぬよう、ミリアリアの仕度をした小柄なメイドが前に出て、優雅《ゆうが》に礼をして口を挟む。

「旦那様。お時間が迫っております」

「っ、あ、ああ……い、行こうか。カナル、留守を頼む」

「承知しました」

そうして脇に居たカナルに声を掛けながらも、リゼンフィアはそのメイドに何度もチラチラと視線を送っていた。セルジュもこれには苦笑するしかない。エルセリアの残念な出来よりも、そちらが気になるのは仕方がないと、事情を知る者達は納得顔だ。

対する小柄なメイドは、静かに目を伏せて無言のまま控えている。そうして、使用人一同は馬車を見送ると、ふうと揃って大きく息を吐いた。これに、小柄なメイドが噴き出す。

「ふっ、くくっ。みんな顔っ。マジで引き攣ってんじゃんっ」

「っ、フィルズ坊っちゃま……」

カナルが泣きそうな顔で小柄なメイドに目を向ける。そう。そのメイドは、髪色や目の色も変え、祖父リーリル直伝《じきでん》の化粧で見た目も変えたフィルズだったのだ。

フィルズは腰に手を当て、遠ざかって行く馬車に目を向けると、しみじみと本音を口にした。

「いやあ、それにしてもアレは酷《ひで》えなっ」

「笑い事ではございませんっ」

「あははっ。だって、ポーカーフェイスな美人メイド長が、青筋立てそうになってたしっ」

「坊っちゃまっ……不甲斐ないですわ……」

「いやいやっ。あれはしゃあないって。しっかし……太ったな」

「「坊っちゃま……」」

はっきり言い過ぎだ、とカナルとメイド長に窘《たしな》められた。

フィルズは、誰彼構わずはっきりと身体的特徴を口にすることはない。遺伝的にだとか、体に異常があって仕方なく、ということもあると知っているのだから。

しかし、エルセリアの場合は明らかに不摂生だ。その自覚もないのは問題だろう。彼女からすると、自分は太っていないらしい。

とはいえ、言い過ぎたのは事実なので、彼は悪いと笑いながら誤魔化しつつ、肩の力が抜けた使用人一同を振り返って、この後のメインイベントのための準備をお願いする。

「さてと。そんじゃ。はじめますか！」

「「「「はいっ」」」」

そこには、先ほどまでとは打って変わって楽しそうな笑顔が揃っていた。

◆　◆　◆

孤児院に向かう間、馬車の中は気まずい雰囲気だった。それに気付いていないのは、エルセリアだけだ。喋《しゃべ》っているのもエルセリアだけ。

「孤児院の子ども達は、実際にわたくしのような令嬢や、お姫様を見ることなんてないでしょう？　だからきっと、わたくしを見て喜んでくれると思うのですっ」

「「「……」」」

ずっと喋っているのだ。一人で。

返答がなければ全部同意されたとみなすようで、機嫌良く喋り倒す。幼い頃から、静かに頷いて同意、肯定する者しか傍にいなかったことの弊害《へいがい》だ。

「ちゃんとカビにならないように、宝石は付けていませんし、その代わり、リボンを付けたのですっ。リボンの方が、お金のない子ども達でも手に入れやすいですものっ。女の子達もマネしやすいでしょう？」

「「……」」

『華美《かび》』という言葉の使いどころは知っているようだが、意味まで理解していないのは聞いていれば分かる。

そして、どこまでも上から目線。自分は子ども達が憧《あこが》れるお姫様だと思い込んでいるのは滑稽《こっけい》だ。

エルセリアが馬鹿みたいに付けているリボンは、本来その辺に売っているような物ではない。

何より、孤児達だけではなく、平民の子どもはあまり髪を長くしたがらない。自分で身支度をする時に手間がかからないように、短くするのが通例なのだ。そんなことさえ、エルセリアは知らない。

「そうですわっ。お母様っ。メイド長がひどいのですっ。わたくし付きのメイド達を勝手にコウカクさせたのです！　あの子達が居たら、今日だってもっと可愛くしてくれましたわっ。本当、今のメイド達は気がきかなくてっ」

「「……」」

「っ……」

セルジュとリゼンフィアがミリアリアに冷たい視線を送る。

『コレ、どうしてくれんだ？』と言わんばかりのそれに、ミリアリアは顔色を悪くした。

神官達をはじめ、大聖女《だいせいじょ》からも諭されたことで、さすがにミリアリア自身も自分のこれまでの行いを省《かえり》みていた。エルセリアとも離れて暮らしたことで、娘を客観的に見ることができるようになっていた。

そして今、かつての自身と同じ思考を持つエルセリアを見て、恥ずかしいと思うことができたのだ。

「あっ、お母様っ。震えてっ……それほどまでにお怒りに？　やはりひどいですわよねっ。お父様も叱《しか》ってやってくださいっ。あのメイド長はやめさせるべきです！」

「「……」」

「っ……」

得意げに鼻を膨らませるエルセリア。

セルジュとリゼンフィアが何も言わないのは、もう何も教えるつもりにもなれないほど失望したからだ。

だが、エルセリアは、自分の言っていることが正しいと認められたのだと思い込んでいた。それはミリアリアも覚えのある感覚で、羞恥《しゅうち》と怒りで震えている。

しかし、それを爆発させる前に、馬車は停まった。

「あっ、もう着いたのね。さあ、お兄様。エスコートしてくださいな」

「黙って勝手に降りろ」

「……へ？」

「「っ……！」」

セルジュはこんなのが妹かと思い、静かにキレていた。出したことのない低い声だが、セルジュ自身は気付いていない。怒り具合が分かるというものだろう。リゼンフィアとミリアリアは、ギョッとしてセルジュを見る。だが、もうセルジュは降りるために背を向けていた。

セルジュがさっさと馬車を一人で降りると、それに続いてリゼンフィアも降りる。セルジュがフィルズのような口調になったことに、リゼンフィアは内心激しく動揺していた。先日、フィルズに忠告を受けていたのだ。

『セルジュ兄さんがキレないように気を付けろよ？　普段温厚なヤツがキレると、予想外の行動に出たりするからさ。それこそ、家の恥だっつって、身内でも刺し殺しかねねえから』

そんなことはあり得ないだろうと、リゼンフィアは思っていた。だが、セルジュから――一瞬だったが――感じた殺気は本物だったと思うのだ。

「せ、セルジュ？　大丈夫か？」

「何ですか、父上。何かおかしなところでもありましたか？」

「……いや……」

振り返ったセルジュは、いつも通りの様子だ。穏やかで、出迎えてくれた神官や子ども達に微笑んでみせている。

「……心臓に悪い……」

エルセリアのことだけでも頭が痛いのに、セルジュまでも制御不能になったらどうなるのかと、リゼンフィアは既に心が折れそうだった。

ミリアリアが御者《ぎょしゃ》の手を借りて馬車を降りたため、エルセリアは特にセルジュへ何か言うこともなく、同じように馬車を降りる。

エルセリアにとって、ミリアリアがやることは何でも正しいのだから、そこは手間がなくて良い。

リゼンフィアはチラリとそれを確認し、神官に声を掛ける。

「案内を頼む。副神官長がしてくれるのか？」

「はい。まずは施設を……」

副神官長のジラルがそう話しているところに、エルセリアが口を挟む。

「あなたが副神官長？　本当に？　若過ぎません？　それに、なぜ神官長ではないのです？　領主を案内するのにっ」

「エルセリア、黙れ」

「エル、黙りなさい」

「っ、お、お兄様っ、お母様まで……っ、わ、分かりました……」

リゼンフィアもさすがにキツく睨《にら》んだ。この教会に居るのは神官長ではなく『神殿長』であり、多忙な神殿長に代わって副神官長が通常業務の取りまとめをしている。

そんなことすら知らないエルセリアに、失望の色は更に濃くなる。

「口を挟んで申し訳ない。続けてくれ」

「ええ……それから、増設した教室の方をご案内します。子ども達が勉強をするところを見てやってください」

「ああ。楽しみだ。では、頼む」

エルセリアが失言をしたことには触れず、ジラルは微笑みながら案内に立った。彼にとっては、少し世間知らずで背伸びしたい子どもにじゃれつかれただけのことだ。

そんな中、セルジュとリゼンフィアは、密かにミリアリアの様子を確認する。そして、フィルズの何気ない言葉を思い出していた。

『人の振り見て我が振り直せって言うからさあ。今回は第一夫人にとっても良い機会かもな～』

全くその通りだと、二人は今回の計画の影響力を強く実感した。

ミッション③　自覚を促《うなが》そう

これ以上エルセリアが余計なことを口走る前にと、一行は孤児院内をさっさと一周する。そして、今日の目的でもある区画へと辿り着く。

「こちらが、セイスフィア商会の援助により、増設された校舎になります」

教会とも渡り廊下で繋がっているし、外からも入れるようになっている。

代表のリゼンフィアがジラルに言う。

「……こうして見ると、かなり広いな。確か、孤児院の者達だけでなく、読み書き計算ができるようになりたい大人も、ここを利用するのだったか」

「はい。それに、教室として利用するだけでなく、孤児や保護する者が多くなった場合や、非常時に寝泊まりできるよう、部屋は多く作られています」

二階建てで、教室は一階ごとに五つずつ。それとは別に机などの備品が収納されている倉庫が一部屋ずつで、合計で各階に六部屋。

「こちらが倉庫で、一階の四教室分に置ける机と椅子が畳《たた》まれて収納されています」

「ん？　教室は五つと聞いたが」

「はい。一部屋は専用の大きな机と椅子が入っており、そちらは机が備えつけとなっているので、部屋から出し入れできません」

「なるほど」

現在教室として使っている部屋には、三人ずつ座れる長椅子と長机が三列あり、一列に十五台並べられている。机は大人でも子どもでも使えるように、高さが調整できる仕様だし、それでも高さが合わない場合は、座布団が用意されている。

映画館や飲食店で使われるような、子ども用の囲いのある座面だけの物だ。必要ならば子ども達自身で持って来て使っている。

「専用の机と椅子があるのがこちらの部屋……被服系の作業をするためだけの、専用の被服室です。そちらは、町の方々にも使用してもらっています。小さなお子さんの居る家では、布を広げるのにも苦労すると聞きまして」

「なるほど。それで町の女性達が……」

各階、五つの教室の内の一つは、フィルズのイメージした家庭科室のような作りになっており、その大きな机の一つに六人ほど女性達が集まって、楽しそうに世間話をしながら、縫《ぬ》い物をしていた。午後には、もっと多くの女性達が集まって来るだろう。

「ええ。その間、子ども達はこちらでお預かりしたり、勉強をしたりしています。子どもにかかりきりになって、孤立してしまいがちな母親達を少しでも助けられたらと」

これには、セルジュも納得した。

「自分の時間も持てなくなると聞きますし、子どもを連れて外へ出るのも大変ですよね。楽しそうで何よりです」

「……セルジュ……」

「……」

セルジュの、一般的な家庭の事情を知っているような口振りに、リゼンフィアと母ミリアリアは目を丸くした。

「何か？」

「いや……よく知っているな……」

「常識として知っておくものでは？　領民達の生活を知らなければ、どんな助けが必要かも分りません。想像しただけで、実際を分かったような気になって手を出すのは、ただの傲慢《ごうまん》でしょう？　想像力が乏《とぼ》しいことを知らしめるだけの恥ずかしい思いはしたくありませんから」

「「……っ」」

感心するより先に、この言葉はリゼンフィアとミリアリアの胸に突き刺さる。

リゼンフィアはフィルズに、貴族は想像力が乏しいと指摘されてから、それを実感する日々。自身も、そうしたところがあると気付き、反省していた。

そして、ミリアリアも、着替えや料理など、平民ならば当たり前にやっていることを、自分でいざやろうとしても、どうして良いのか分からないことを実体験した。バカにしていた平民に劣るのだと理解する毎日だ。自分の傲慢さと無知に、ようやく気付いたところだった。

そこで、当然のように口を挟むのは、反省を知らないエルセリアだ。

「まあ。お兄様……平民の生活を知っているなんて……やっぱり、お兄様は、あの平民の子どもに毒されっ」

「エルセリア」

「っ、な、なんですの？」

静かに、声を荒らげることなく名を呼んだのは、セルジュだ。その表情は、無。けれど、目だけは、鋭《するど》く光っているようにも見える。

「黙れと言ったぞ。二度も、三度も同じことを言わせるな。もう一度だけ言う。『黙っていろ』」

「っ、ひ、ひどいですわっ。い、妹に向かってっ！」

「お前のような愚《おろ》かな妹など要《い》らない。いいか。次また失望させたなら、お前を二度と妹などとは思わないからな」

「っ、ひ、ひどっ、お、お母様っ、お兄様がっ」

そうして、すぐに絶対の味方だと思う方に擦《す》り寄る。

「っ……」

「お母様っ」

「っ、黙っていなさい……」

「っ、お母様!?」

ミリアリアも困惑して助けを求める視線を送ったが、それをセルジュは見るのも嫌だとばかりに無視し、声音を普段のものに戻してジラルへ話の続きを促す。

「失礼しました。二階にも同じ部屋があると聞きましたが」

「えっ、ええ。二階は、主に孤児院の被服に興味のある子ども達が使っています。週に一度、セイスフィア商会から被服担当の方や商会長が見えて、彼らから指導を受けられるので、年長の子ども達は、かなりの実力を付けています。数人は、一般的な服でしたら一通り作れるようになったと聞いています」

「それはすごい……」

リゼンフィアも、エルセリアを視界から外し、ジラルの話に素直に感心した。

ジラルも子ども達が服を作れるようになったことを嬉しく思っており、笑みも深まる。

「はい。子ども達が希望すれば、十五歳で孤児院を出る時、そのままセイスフィア商会に雇ってもらえるとの確約もいただいております。同時に、商業ギルドからも推薦状《すいせんじょう》を出してもらえることになっておりまして、希望する店へ奉公《ほうこう》に出ることも可能になりました」

「それはっ……いや、そこまでの技術がここで？」

「ええ。どこに出しても良いよう、基礎《きそ》からきちんと教えてもらっています」

「なるほど……」

技術は大事だ。基礎さえも教えてもらえず、夢見ることもなく一生を終える者も多い。特に孤児達は孤児というだけで雇ってくれる所が少なくなる。

だから、孤児院では可能な限り読み書きや計算を教える。とはいえ、教育というのは手がかかるもの。自主的に取り組める者だけがその恩恵《おんけい》を享受《きょうじゅ》できるというのが一般的だった。

「ん？　あの子達は何をしているんだ？」

机や椅子がない空き教室で、床に厚めの敷布を敷き、靴を脱いでその上に座り込んで頭を付き合わせている子ども達がリゼンフィアの目に入った。

「ああ、あれは、カルタ遊びです」

「カルタ……っ、何か飛んだぞ？」

カードが子どもの手で払われ、飛んで行った。飛ばした子がそれを拾いに行き、嬉しそうに戻って行く様子に、リゼンフィアは不可解な顔をしていた。

「文字や言葉を覚えるためのカードゲームなのですが、激しくなると飛ばすのです……フィル君も、教えた時にやってしまったという顔をしていました……」

「フィルが教えたのか……」

「……顔に当たったら危ないからやめるように言ってあるのですが、上手く飛ばせたり、避けたり、見学していた子でも上手くそれを掴めたりすると、楽しいらしくて……」

「……う、うむ……」

この世界の子ども達は、激しい遊びもする。身体強化が遊びの中で身につくこともあり、反射速度もかなりのものだ。よって、飛んで来るカードをギリギリで避ける、あるいはキャッチするという遊びも楽しめるカルタは、男女問わず大人気だった。

悪いのは、百人一首のカルタ取りの技まで教えてしまったフィルズだ。

「それで、あれで目の所を保護しているのか」

カルタを囲む子ども達は、全員がメガネをしていた。度の入っていない、目を保護するためだけのもので、スキーなどで使うようなゴーグルほど大きくゴツくはない保護メガネだ。

「はい。目だけは危ないからと……」

「確かに危ないな。だが……外での作業でも使えそうな物だな」

冷静にそれの使い道を考えるリゼンフィア。これに答えたのはセルジュだ。

「『保護グラス』ですね。あれは実際に、土木工事の者をはじめ、風の強い日に外での作業がある場合に使えると、かなり人気のある商品だそうです。視力矯正《きょうせい》のメガネと共にセイスフィア商会の『メガネ屋』が取り扱っています」

「城でも使えそうだ。一度店を見てみたいな」

「はい。明日の予定に入れておきます」

明日はセイルブロードを視察する予定なのだ。ひと月、ふた月で新しい商品どころか店ができるので、帰領の際にチェックは必要だった。

そして、今まさに授業をしている教室へと差しかかる。そこで、それぞれが目に留まったものに驚き、声を上げた。

「お、お父様!?」

ミリアリアは、簡素な服を着ているが、教壇《きょうだん》に立つ実の父に気付いた。

「っ、へ⁉　え⁉　陛下《へいか》⁉」

リゼンフィアは、子どもや大人の入り交じる教室の中央で、周囲の者達と同じように、キレ良く手を挙げるファスター王に気付く。もちろん、見た目はお忍びスタイルだ。

「ヴィランズ⁉」

セルジュは、大きな体をなるべく小さくしながらも、手を挙げる騎士団長に気付いた。こちらも、騎士の制服ではなく簡素な服だ。だが、その存在感は消せない。

「え？　何してるの？　何の音？　楽器？」

エルセリアは、黒板に書かれたいくつもの数字を見て首を傾げ、次いで生徒達の手元にあるパチパチと音のする物を見ている。

「……神殿長……」

副神官長のジラルは、しれっと生徒に交ざっている神殿長に気付いて肩を落とした。

そこは、そろばん教室だった。

ジラルは気持ちを切り替えるように、ふうと息を吐いてから説明に入る。

「え～……彼らの手元にあるのは、セイスフィア商会が先月、施策として用意した『そろばん』です。賢者様がいらした頃にはありましたが、時の権力者が庶民《しょみん》には不要だとし、一般には作られることもなくなったそうです」

貴族としては、賢《さか》しい庶民など統治の邪魔になるだけ。だから、まず民間からそれを消した。

きちんと教えてもらえる場所も時間もない庶民には、当時もあまり広がらなかったようだ。

「そして、時の流れと共に貴族の方々も、道具を使って計算するのは恥ずかしいことだとの風潮《ふうちょう》が強まり、衰退《すいたい》していったと言われています」

現在では、計算するとなれば別の紙に筆算をするのが普通だ。ただ、掛け算や割り算はあまり使われておらず、家々で伝わる計算法を使ったり、頑張ってちまちま足していったり、引いたりしているようだ。

九九《くく》らしきものも一応あるが、賢者達が使っていたように覚えている者はほぼいないらしい。これを聞き、セルジュがぎゅっとキツく眉根を寄せた。

「……なぜ良いものは良いと素直に認められないのでしょうね……文句を付ける方が恥ずかしいと思うのですが」

「……っ」

リゼンフィアがドキっとしていた。今の貴族にも、そうしたところはある。どうしてもプライドが邪魔をするのだ。負けず嫌いと言ってしまえば可愛らしいものだが、ただ彼らは負けることが許されない、失敗は許されないと教えられて育つため、失敗した時の挫折《ざせつ》を知らず、無意識に恐れてもいるのだろう。

ここで、リゼンフィアが少し話を変える。セルジュの機嫌は最悪だ。これほど機嫌の悪い息子の姿は珍しく、空気を変えたかった。

「そ、そういえば、こうしていても教室の中の声があまり聞こえないのだな」

教壇に立つミリアリアの父であるトランダ・ラトル・カールト前侯爵《こうしゃく》の口は動いている。どうやら、手元の本を読み上げているようだ。けれど、本当に微《かす》かにしか聞こえなかった。

そして生徒達は、手を挙げると同時にキレ良く『はいっ！』と言っているようなのだ。だが、彼らの視界に入らないよう配慮して距離を置いているとはいえ、こちらも微かに聞こえるくらいだ。

ジラルが頷いて答えた。

「この校舎に使われている木は、ほぼ全てがエルダーブラックトレントの木材です」

トレントとは、木の魔物だ。普通の木とは違い、魔力を宿しているため、加工するにはそれ専用の道具が必要になる。だが、一度切り倒してしまえば、乾燥《かんそう》も普通の木より早く、密度に対して少し軽い。そして、何よりも硬かった。

「トレントの素材は、ご存知の通り、火にも水にも強く、特に密度の高いブラックトレントは、音をも吸収して抑えます」

「っ、この校舎全てにっ⁉　ど、どれだけの数をっ……貴族の屋敷を建てるのでも、使われるのは一部だけだが？　こんなっ、確かに、この落ち着いた黒に近い茶の色……廊下も全部っ」

貴族の邸宅でも大事な執務室や応接室の辺りに使うだけで、決して屋敷全部に使える物ではない。その上、ただのトレントではなく、上位種であるエルダーで、ブラックが名に付く特殊個体だ。外の皮から中まで焦茶色で、しなやかで硬い。切った断面は、ニスを塗《ぬ》ったようにキラリと光る。廊下もワックスを塗った後のようにピカピカだ。

「エルダートレントも相当ですが、特殊個体は更に高額だと聞きます……が、恐らく採って来ていますね……」

どれだけ高額で取引される物でも、採って来ればタダ。フィルズを知るセルジュはその考え方を分かっている。

「ああ……ここ数年、いや、数十年、エルダートレントの取引さえ、ほとんどないと聞いている……これほど綺麗《きれい》な色の特殊個体など……それも校舎全体に……っ」

「……」

リゼンフィアが足下のそれがそうだと知り、震えそうになりながら告げた情報に、セルジュは改めてその希少性を知って驚く。だが、心当たりはあった。

「……フィルは、ファルお祖母様とリュブラン達を連れて、ふらっと出かけていましたから、不思議ではありませんけど」

「……義母上《ははうえ》とならば分からないでもないな……」

セルジュやリュブラン達も、今や『ファルお祖母様』と呼んで慕うファリマスは、クラルスの母で『武神』と呼ばれるほどの強者だ。そんなファリマスとフィルズは時折、冒険者として思いっきり暴れて来たいと言って、一緒に出かけていた。

フィルズも十分強い上に、最近特に強くなった守護獣《しゅごじゅう》であるフェンリルの三つ子やバイコーンで相棒《あいぼう》のビズ、それに生まれ直して小さくなったドラゴンのジュエルも一緒なのだ。

そんな面々であれば、強い特殊個体も、競争でもしながら軽く狩って来るというわけだ。その上、目的地までの距離が少々遠くても困らない機動性も持っている。

「っと、話が逸れてしまった。すまない。それで、そろばん？　は理解したが、なぜ陛下まで？」

リゼンフィアは、今もまた、キリっとして手を挙げるファスター王を気にしていた。

「その……トランダ様やファスター様は、そろばんを作った時に、意見を求められて試験的にお使いになっていたようです」

固定式のテレビ電話のような魔導具を作ったフィルズは、ファスター王とトランダに試験をお願いしていた。その折、そろばんの使い方を教えていたのだ。よって、このそろばん教室を開講《かいこう》するよりも先にそろばんを扱えるようになっていた。

「校舎が出来てから、ファスター様は、馬車の整備と改良のついでにとお忍びで来られては、この教室に通っておられます」

「……視察に出る頻度が多くなったとは思っていたが……っ」

ファスター王をはじめ、周囲の大人達は何かとフィルズの父親的立ち位置を狙っている。

堂々と抜け駆けされていたと知り、リゼンフィアはその背中を睨んだ。間違いなく、滞在する時はフィルズの所に泊まっている。羨《うらや》ましくないわけがない。

「……では、義父上《ちちうえ》は？」

「トランダ様は、ひと月前からお隣に住んでおられます」

「え……」

ミリアリアが思わず声を出す。実の父が、こんな近くにひと月も前から滞在しているなんて聞いていないと、戸惑《とまど》っていた。手紙のやり取りもないとはいえ、普通は顔を出してくれるものだろうと思うのは当然だ。

「と、隣？　健康ランドかっ」

「はい。今日はトランダ様ですが、ルーク様の時もありまして」

「ルーク……っ、まさかっ、先王っ……ま、まだご滞在中で……？」

「はい。ご夫婦で」

「っ……」

先王であるファイラルークは、車椅子の御礼も兼ねた療養《りょうよう》で健康ランドに来てから、夫婦で住み着いてしまっているのだ。完全にお忍びで来たため、王都では特に話題にもなっていない。まさか、先王夫妻がこれほど長期間、王都から離れているなんて誰も思わないだろう。

リゼンフィアが頭を抱えていると、またエルセリアが口を開く。

「え？　あれがお祖父様？　なんでお祖父様があんな見すぼらしい服を？　平民なんかの教師をしてるなんて、みっともなっ……っ」

「エルセリア」

「ひっ」

「「……」」

せっかく落ち着いて来たセルジュの視線がまた、鋭く冷たくなったことに、リゼンフィアとミリアリアは泣きたくなった。

セルジュは、呆れていることがエルセリアに分かるように、大きくため息を吐いてみせる。普段ならそれで終わらせるが、もう我慢がならないと、次いでぐっと唇を噛み締めた。

「っ……なんで、分からない……なんでお前はそうなんだ……っ」

「お、お兄さま……？」

エルセリアは、なぜセルジュが怒っているのか分からない。

「なんでっ……ッ、なんで、そんな勝手なことが言える？　そんな振る舞いが、どうして許されると思っているんだ⁉　なあ……母上」

「っ、あ、わ、わたしっ……っ」

「お前が元凶だろ。なぜそんな他人事みたいな顔をしているんだ？　これはっ、お前の責任だろ‼」

「っ……！」

「お兄さまっ⁉　お母さまになんてっ」

「黙れ‼」

「ひっ！」

エルセリアも、ミリアリアも、怒られることに慣れていない。叱られたとしても、なぜ叱られるのか理解しないから、反省しない。身分の高さ故に、正面から怒気を向けられるなんて経験もなかった。だから、ほぼ初めて本気の怒気を真正面から向けられ、二人はカタカタと震えていた。

「っ、せ、セルジュ……っ」

ミリアリアは、兄のバルトーラにかつて向けられた怒りの言葉を思い出す。あの時、初めて兄に嫌われているのだと自覚した。その時の恐怖は忘れていない。

リゼンフィアのことも同じだ。大切に思ってくれていると思っていた人が、本当は嫌っていたのだと知り、怖くてたまらなかった。絶対の味方だと思っていた人が背を向けていたと自覚し、見捨てられることの恐怖を知った。そして、また最愛の息子にまで背を向けられていると思えば、正気ではいられなかった。

「っ……セルっ、セルジュっ……っ」

ミリアリアは涙を流していた。立っていられなくなり、座り込む。

「お、お母様⁉」

「ひっ、くっ、うっ、ふっ、ひっくっ」

本気で泣いたことなどほとんどないミリアリアは、呼吸の仕方も分からなくなっている。

それでも、セルジュは冷たく見下ろすだけ。そのセルジュの怒気に、リゼンフィアとジラルも呆然としてしまっていた。こんなにセルジュが怒るというのは、想定外だったのだ。

そこに、ため息交じりの声が響く。

「あ～……ったく、ここまで兄さんを怒らすとか、どんだけクソだったんだ？」

「……フィル？」

セルジュが、憑き物が落ちたようにふっと力を抜き、視線を少し彷徨《さまよ》わせながらも廊下の奥に立つフィルズの姿を捉えた。

「なんで……？」

「おう。クルフィが、兄さんが闇堕《やみお》ちするって連絡して来た」
「やみお……ち？」
《落ち着かれましたか？》
「あ……クルフィ？　どうしてここに？　屋敷に残っているはずじゃ……」
セルジュの隣には、いつの間にか、二足歩行のウサギのぬいぐるみが現れ、キツく握り締められていたセルジュの手にそっと触れていた。
《わたくしは、セルジュ様の侍従です。可能な限りお傍にと望むのは当然ではありませんか》
「っ……そっ……うだね……うん……ありがと……」
「……ん？」
《いえ。それで、ここまでセルジュ様のお心を乱した愚か者は、処分してよろしいでしょうか？》
クルフィが可愛らしく首を傾げて、小さな口をぱくぱく動かしながら言い放った内容に、セルジュはきっかり一秒、思考が停止した。
「え？」
《ですから、二度も三度も四度も同じことを言わせて、お手を煩《わずら》わせたクソガキは、即刻森に捨てて来ますのでご安心くださいと申し上げたかったのです。よろしいですよね？》
「よろしくないよ!?　決定!?　それ、もう宣言だよね!?」
《はい。では失礼して……》
「ひいっ」

シュンっとエルセリアの前に移動したクルフィ。エルセリアは得体の知れないぬいぐるみに腰を抜かす。そこへセルジュが慌てて取り縋《すが》る。

「待ってて！」

《待ちます》

「うん。待っててねっ？　ちょっと、自分でも大人気《おとなげ》なかったって思ってるんだよっ」

《はい。ですので、そのちょっと消したいなと思っておられる記憶を消すためにも、処分してしまったら良いのではないかと》

「うわぁぁぁっ、思ってるけどっ、けどそれやったら人としてダメなやつ！」

《わたくしは人ではありませんし、事故で処分できます》

「しちゃダメだよ！」

《『ウサギの報復』はこの領都では、五歳の幼子《おさなご》でも知っていますし》

「知ってるよ！　知ってるけどっ、それは隠密の子の話だよね!?　同じウサギでもクルフィは違うはずでしょ!?」

悪いことをすれば陰から見ているウサギにお仕置きされるのは、この地では常識だ。

必死で抱き留めるセルジュ。しかし、クルフィは考えを変えない。

《昨日、ご主人様も『十一かあ～……やっぱ、もう修正不可能じゃね？　価値観とか固定されて来てんじゃん。そうなると、いっぺん死んだ気にさせるしかなくね？』と仰《おっしゃ》っておりました》

「つ、フィルぅぅぅっ」

「ははっ。いや、まあ……言ったな」

主人であるフィルズは苦笑いをしながら、未だにひっくひっくと泣き吃逆《しゃっくり》を繰り返すミリアリアにハンカチを差し出していた。

「まあ、落ち着けよ兄さん。そっちの談話室で話そうぜ。このままじゃ、視察も続けられねえじゃん。ほれ、あんたもいつまでも座り込んでないで、行くぞ」

「っ、んっ……は、はい……っ」

ミリアリアはフィルズを認識しているのかどうか怪しい。差し出された手を素直に取って、震えながらも立ち上がる。相当ショックだったのだろう。手は冷たくなっている。

「クルフィ。茶あ淹れてくれ。処分はその後で考えてもいいだろ」

《承知しました。後で考えます》

「ちょっと、クルフィっ」

《後で考えます》

「ううっ、頑固《がんこ》っ、フィルにそっくりっ、そこが良いけど困るっ」

「おうっ。ありがとよ」

《光栄です》

「褒《ほ》めてるわけじゃないからね⁉」

クルフィはするりとセルジュの拘束から抜け出し、さっさと談話室に向かう。お茶のセットは、腰に付けているマジックバッグに入っているので問題ない。

フィルズはミリアリアの背を、子どもを相手にするように落ち着けと撫でながら、ジラルに声を掛ける。リゼンフィアと二人、どうすればいいのか分からない様子で動けなくなっていたのだ。

「ジラル兄もお茶しようぜ。喋りっぱなしで疲れたろ？　この後は、初級クラスの見学だったよな。まだ授業が始まるまで十五分はあるしいいだろ？」

「そうですね……はい。少し休憩いたしましょう」

そうして、談話室に向かって歩き出す。しかし、踏み出せない者が一人いた。エルセリアだ。色々と理解の範疇《はんちゅう》を超えてしまったのだろう。そんな彼女にも、フィルズは声を掛けた。

「おい。さっさと来い。なんで怒られたのか教えてやるよ。立てるか？」

「っ……はい……」

その理由が一番、理解できなかったようだ。分からない怖さを知ったエルセリアは、こちらも差し出したフィルズの手を素直に取って、ゆっくりと歩き出した。


休憩所は教室一部屋半分の広さはある。いくつもの丸テーブルと椅子。ここは、大人だとか子どもだとか、役職なんかも関係なく、友人として話ができる場所として作った。懺悔室《ざんげしつ》とも違い、神官達に気楽に相談する場所にもなっている。

そのテーブルの一つに、クルフィがお茶を用意していた。

「とりあえず、ここに座ってくれ」

フィルズは、まずエルセリアを座らせる。さり気なく椅子も引き、エスコートも完璧だ。だが、ミリアリアの手は引いたままだ。

「あんたはこっち。目元を冷やさないとな。ジラル兄も座ってて」

「ですが……」

ジラルは同じ机につくのを遠慮《えんりょ》しているようだ。

「ジラル兄のお茶も淹れてるし、座ってくれ」

「……分かりました」

フィルズは、ミリアリアの手を引いたまま、部屋の隅にある手洗い場に向かう。これを見越して、彼女の席もここに近めの所を選んでいる。フィルズは背を向けながら続けた。

「神殿長は教室か？」

「はい……先ほど確認しました……」

「ファシーも朝早くに来たしな」

ファシーというのは、ファスター王の愛称だ。

「隠密ウサギはつけているが、そろそろファシーにも専属をつけようかと思ってさ。ほら、これで少し目元を拭《ふ》くといい」

「っ……はい……」

「専属とは、クマ様ですか？」

冷たい水で濡《ぬ》らし、絞《しぼ》ったタオルをミリアリアに手渡すところで、ジラルが確認した。神官達や、多くの人は、名を知らないクマ達を『クマ様』と呼ぶ。

「いや。さすがに王の隣に置いとくのはな……連れ歩くし、ちょっと威厳《いげん》もあるやつのがいいだろ？」

この公爵領でならば、クマ達の力も知られているため、連れ歩いていても問題はない。

しかし、王都では認知されていない。それに、護衛としても側に置くのだ。貴族達の目にも留まる。難しい話をする時にも傍に居るとなると、少しばかり緊張感がない。空気を壊すのは良くないだろう。

リゼンフィアもそう思ったらしく、口を挟む。

「有能なのは分かるが、やはり王の傍に置くにはな……頭の固い者達に何を言われるか……」

「ははっ。ありそうだ」

フィルズは笑いながら、また別の濡れタオルをミリアリアに差し出す。

「ほれ、交換。ちょい肌も荒れてそうだし、化粧はやっぱりしない方がいい。押さえるようにして全部取れ。治療用の化粧水を後で付ければいい」

「ご、ごめんなさい……やらない方が良いと、メイドにも言われていたのに……」

実は今朝、フィルズがメイドに化けて、ミリアリアの支度を手伝ったのだが、その時には、既に彼女は自分で化粧をしていた。

フィルズは肌荒れに気付き、お忍びということもあり、化粧は落とすべきだと伝えたのだが、断られたのだ。どうやら、その時のメイドがフィルズだとは気付かなかったらしい。

「ほんとだぜ。化粧でその時誤魔化すことはできるだろうが、荒れてる時は酷くなるだけだ。年取った時に、シワとかシミとか増えたら、後悔するだろ。むくみも出るぞ？」

「シワ……シミ……っ」

エルセリアの姿を久々に見た時よりも真っ青だ。ミリアリアはきちんと想像できたらしい。

「嫌なら、メイドの言葉も聞け。きちんと教育を受けたメイドや侍女なら、そういう先のことも考えてくれるのが当たり前だ」

「え……」

ミリアリアは顔を上げる。嫌っているはずのフィルズだと理解しているかはまだ謎だが、話はきちんと聞いているようだ。だから続けた。

「言うことをよく聞くからいい使用人ってことにはならねえ。賛同ばかりの場合は、思考を放棄《ほうき》させてるってことかもしれんからな。そこんとこ、見極められないとダメだぞ？」

「見極める……わたくしが？」

「当たり前だろ。主人なんだから。問題のある使用人を教育するように指示することも必要だし、不満があれば家令やメイド長へ相談しやすい環境を整えるように努力する必要もある。それが自分に良いこととして戻って来るんだ」

「……そんなこと……知らない……」

ミリアリアは、頬に濡れタオルを当てながら忙《せわ》しなく記憶を探るように目を泳がせる。だが、思い当たらないようだ。フィルズは、受け取った最初のタオルを洗いながら苦笑する。

「まあ、そうだろうな。だから、娘もああだしな」

「っ！」

エルセリアに視線だけ向ければ、目が合い、ムッとしたのが分かった。そして、エルセリアはまた軽い口を開く。

「あ、あなた！　さっきからお母さまになんてしちゅっ、しくれいっ、なっ」

「『失礼』な？　お前、言葉も危ういのか……聞いてはいたが……マジでやべえじゃん」

「なっ、なんですって!?」

「「……っ」」

聞いたことがある言葉をそのまま使っているだけだというのは、報告で聞いていたのだ。彼女は本を読むのが未だに苦手で、たまに読んでいても、読んでいる風を装《よそお》っているだけらしい。『令嬢ならば、窓辺で優雅に本を読むもの』という見せかけだけのハリボテ令嬢なのだ。

そこで、ミリアリアが泣きそうな顔で一応のフォローを試みた。リゼンフィアが完全に失望した目で娘であるエルセリアを一瞥《いちべつ》したのだ。危機感が増していくのが分かったのだろう。

「つ、使い所は合っているのですし、そこまで問題では……っ」

「いや。口が達者になってくる三歳児でも、使い所が合ってるって言葉はあるから。それに、文字が読めねえ奴らとも話できるだろ？」

「っ……あ……」

「あ、じゃねえよ。今更過ぎだろ。見ろよ。本人のあのキョトンとした顔。危機感全くねえぞ？」

完全に他人事だと思って話している顔だった。セルジュはもう、目も向けない。

ミリアリアは慌てていた。これではマズいと、本格的に焦り始めたようだ。

「っ、ど、どうしっ、どうしたらっ」

「うん。だからここに連れて来てんだよ」

「そっ、ど、どうにかなるの!?」

「そこはさあ。何事も本人が気付かないとどうにも。やる気になるきっかけって、人それぞれだから」

「っ、そんなっ！」

フィルズとしては完全に他人事で済ませていいことなのだ。ただ、セルジュが困るというから協力しているだけだった。

「まあ、落ち着けって。あ〜、ほれ、デコんとこ拭き忘れ」

「っ、あ、ありがとう……っ」

「おう。で、あれだ。あんたも、俺と話できるようになるには、きっかけが必要だったろ？　強制されたりじゃなく、自分の中で折り合いを付けられたからだと思うんだ」

「っ……ええ……」

目を恥ずかしそうに、気まずそうに逸らしながらもミリアリアは頷いた。どうやら、フィルズの存在の認識はできているようだ。今の反応で確認できた。

「だから、本人が気付くしかねえんだよ。誘導とか、気付かせる機会は与えてやれても、結局は本人が気付かないとどうにもならねえってこと」

濡れタオルをミリアリアの手から抜き取り、フィルズはそれを洗う。そんな様子をミリアリアが見つめている。

離れで隔離《かくり》されるまで、フィルズを視界に入れるのも嫌がったかつてのミリアリアとは違う。タオルを絞り切るまで見つめ、再びフィルズと目が合うのを待つミリアリア。

そんな様子を、フィルズもきちんと感じていた。内心ため息を吐きながら、ゆっくりとミリアリアの方を振り向く。真っ直ぐなフィルズの視線を、ミリアリアはしっかりと受け止めた。

「っ……」

「あんたが教えたかったことは分かってるつもりだ」

「……え……」

「『黙っていたらやり込められる』『注目を集めることで価値を示さなくてはならない』『下手に出たら貶《おとし》められる』ってことだろ？」

「っ……なぜ……っ」

それは、貴族女性の心得みたいなものらしい。母から娘へと伝わるもので、男達は知らない。知られてはならないと思っているものだという。

「母さんや、知り合いの貴族の女達に聞いた。これさあ、男からしたら……兄さんどう思う？」

ここでセルジュに話を振る。紅茶に視線を落としながら端的に答えた。

「くだらない」

「っ、そ、そんなっ」

ミリアリアが息子に吐き捨てられたという事実に混乱しながらも声を上げる。そして、セルジュは顔を上げることなく続けた。

「煩いだけです。それも知識がないから、会話の中身スカスカだし、頭が軽いのをひけらかしているだけですね。で、大人になって、多少物事が分かるようになったとすると、中身がない話じゃ底が知れるから、他人を貶《けな》すための嫌味合戦になると……バカですね」

「っ……！」

ここまで一切、実の母親であるミリアリアの姿も視界に入れないセルジュ。まだ怒りが燻《くすぶ》っているのは明らかだ。

「な？　確かに黙って耐えてたら、冤罪《えんざい》とかもあり得るし、意見しなきゃならん立場だけどさ。何でもかんでも反射的に口にする今の……お前の状態って、白い目を向けられるだけだからな？　聞いてるか？　お前のことだぞ」

「え……な、なに言ってるの……」

次はお前だぞとエルセリアに伝える。

「うん。なんで兄さんが怒ってるか教えてんの。『私が喋ってるのっ。私を見て！』ってのは逆効果だ。それと、調べるってのを知らないガキじゃねえんだから『なんで？　どうして？』は考えてから口にしろ」

「そっ！　バカにしてるの⁉」

「うん。してる」

「え……」

正直にそうだと答えが返って来るとは想定していなかったらしく、エルセリアは今日一番のアホ面《づら》を晒《さら》すことになった。

リゼンフィアも、本格的に危機感を持ったらしく、険しい顔になっていた。その顔をチラリと見ながら、フィルズはため息を吐く。これで何度目だろうか。

セルジュは相変わらず、次に顔を見たら手を出してしまいかねないというように、手元の紅茶ばかりを睨みつけていた。

仕方がないと、フィルズはミリアリアを席に座らせながら、エルセリアへ伝える。

「お前、十一だったか……お前と同じ年頃の奴らは、みんなほとんどが複雑な計算もできるし、本も読めるんだが、これを聞いて、お前はどう思うよ」

フィルズも席につきながらその答えを待った。すると、エルセリアは何を馬鹿なことを言っているのかと、軽蔑《けいべつ》するような目で見て来る。小さな目は、不快そうに歪《ゆが》んでいた。

「はあ？　そんなの、できるってウソついてるだけでしょ？　できるはずないわ」

「お前ができないからか？　けど、兄さんもお前くらいの年にはできたって聞いてるぜ？」

「お兄さまは、じきとうしゅだものっ。できて当たり前でしょ？」

何言ってんのと言わんばかりの態度。それが本当に当たり前だと思っているのだろう。

「じゃあ、なんでお前はできないんだ？」

「わたしは女だもの。ダンナさまができれば、べつにできなくてもいいじゃない。女はできなくてもいいのよ」

「……これは？」

フィルズが目を向けた先は、ミリアリアの席だ。お前の教育方針かと確認する。

「っ……わ、私は……っ……さ、賢しい女は嫌われると……」

「まあ一理あるが……有罪《ギルティ》」

有罪判決だ。多少、エルセリアの中で改変されていそうだが『勉強ができなくても問題ない』との励ましは逆効果でしかない。ミリアリアも認めた。

「うっ……ごめんなさい……」

「ちょっと！　お母さまになんであやまらせてるのよ！」

「いや、謝らせてんのはお前だけど？」

ここまで自覚がないというのは、大問題だ。フィルズも心底面倒になって来ていた。

そこに、数人の子ども達が駆け込んで来る。年齢としては、六、七歳だろう。

「あっ。フィルにいちゃん！」

「フィルにいちゃんだっ。きょうのせんせいするの!?」

「あのねっ、あのねっ！　ひきざんもまちがえずにできるようになったんだよ！」

子ども達は、孤児院の子も居るし、町の子ども達も居る。健康ランドのアスレチックで遊んでいたが、これからある初級のそろばん教室のためにやって来たというわけだ。

健康ランドの遊び場を管理するクマのアトラは、きちんとその時間も教えてくれる。

「すげえじゃん。なら、九九を覚え始めたか？」

「それっ！　きょうおしえてもらえるの！　えへへ。たのしみ！」

「頑張れよ」

「うん！」

「ああ、そうだ。今日の先生はカティ先生だぞ」

「「カティせんせい⁉　やったー！」」

「ぐっ、こほっ」

喜ぶ子ども達とは別に、紅茶にむせたのはリゼンフィアだ。フィルズや子ども達がカティ先生と呼ぶのは、前王妃のカティルラだったりする。だが、子ども達はそんなことなど知らないのだ。気にせずフィルズは部屋の奥を指差す。

「ほれ。汗臭《くさ》いのは良くないぞ。綺麗にして来い。そんで、水分補給な」

「「はーい」」

子ども達は、休憩室の奥へ駆け込んで行く。それが気になったセルジュが、不思議そうに子ども達の消えて行った先を見つめる。元気で無邪気な子ども達のお陰で、大分落ち着いたようだ。

子ども達が入って行った先。そこの入り口には『清浄回廊』と書かれている。そして、そこから子ども達の笑い声が微かに聞こえて来た。

「清浄……回廊？」

「ん？　ああ。兄さんも行って来るか？　あそこ通って来ると、さっぱりするぜ。全身洗濯《せんたく》するやつでさ。乾燥まできっちりやれる。あそこから入って、あっちから出て来る」

通路を通って来ることで、服も体も水浴びから乾燥まで完璧に仕上がる。冒険者達も仕事の後にそのまま教室に通いたいということで、用意した。水は温水だ。

そうして作ると、体を拭くのすら嫌う子ども達も、面白がって使うようになり、孤児院ではお風呂代わりに使っている。

これだと、洗濯する必要もないため、忙しい神官達も利用しているようだ。もちろん、時短のためなので、可能な時は洗濯もするようにしているらしい。

「服のまま水浴びするようなもんだから、兄さんは変な感じするかもだけどな」

「うん……やめとく」

「まあ、気が向いたら使ってみてよ。思わぬ所でめっちゃ汚れた時とか、雨に濡れた時とかさ」

「あ、なるほど……そういう時は使いたいかも」

「だろ？　それ用というか、外から来る冒険者用にもう一本回廊があって、それは外から直《ちょく》で入れるんだ。今度教えとく」

「うん」

子ども達が雨の中で走り回った後には、有り難いものだ。そうした場合は、外から直接入れるようにもう一つ回廊を作ってあり、それ用の扉がある。これが冒険者用だ。

冒険者達は、靴も汚れているからと、外からその回廊に入った後で授業に出るのが今では普通だ。

因みに、冒険者達は、ゴツい鎧を着ていたり、武器も持っていたりする。それらは外から入れる専用の更衣室にロッカーがあり、そこに預けておくことになっている。その中には、清浄の魔法陣が敷かれており、そちらも綺麗にすることが可能だ。

ここで一般的な服に着替えて、冒険者達はいつでも清潔に、さっぱりした気分で勉強に向かえる。更衣室の管理者にはクマが居るため、盗難の心配もないというわけだ。

子ども達が出て来た。廊下から再び休憩所に入って来る。

「ふわあ〜、さっぱりした〜」

「かみのけサラサラね〜」

「お水、お水〜」

ここには、ウォーターサーバーがあるため、外で遊んで来た子ども達も、水分補給ができる。お茶を淹れられる給湯機もあった。

午前中の利用者は、畑仕事など、外での仕事から上がって来た者が多いが、この時間にここを使う者は少ない。窓際にある一人用のカウンターで数人が本を読んでいたり、書き取りをしている者が居たりするくらいだ。

そんな者達の居る休憩所を見回していた子ども達が、水を飲みながらフィルズに近付いて来て尋ねる。

「ねえ、フィル兄ちゃん。あのお兄ちゃんたち、きのうのヨルにもいたの。そのまえもそのまえの日も」

「ああ。あの辺のは、商業ギルドの見習いとかかな。そうか……なら、二階の自習室のこと、教えてやってくれるか？」

　そろばんを使って自習している者もいるが、年齢は十代後半から二十代前半の者ばかりだ。

「わかった！　おしえとく！」

「教室終わってからでもいいぞ」

「うん！　まかせて！」

　子ども達は頼られるのが大好きだ。そんな子ども達は、一つ気になったことがあるようだ。

「ねえ……そのおねえちゃんのあたま、どうしたの？」

「すごいことになってるよ？」

「リボンつけすぎじゃない？」

　子ども達の目に留まったのは、エルセリアの頭だ。

「この良さが分からないなんて……やっぱりお姫様を知らないのね……かわいそうに」

「「「……おひめさま？」」」

「そうよ！　見たことないんでしょ？　どう？　本物のお姫様を見れてうれしいでしょう？」

「「「……？？？」」」

　混乱させていることにエルセリアは気付いていない。胸を張り、ふんと鼻を鳴らす。だが、エルセリアは知らない。子どもとは正直なものだ。

「え～……おひめさまって、もっとキレイなんだよ？」

「おねえさんこそ、ホンモノを見たことないんじゃない？」

「そんなあたましてさあ、センスなさすぎ～」

「……は？」

何を言われたのか、エルセリアには理解できなかったらしい。

「ぷっ、くくっ、ははっ、お前ら正直だなあっ」

「えへへ」

えらいぞと、フィルズは子ども達の頭を撫でる。

「よしよし。じゃあ、お前らの思うお姫様ってどんな人だ？」

「う～ん……」

「おひめさまはね～」

「キレイで～、あたまよくて～、あるきかたもキレイで～」

「それなら一人しかいないよぉ」

「うんうん。あのひとしかいないねっ」

「ぜったいキレイだもんっ。ドレスきたらすっごくキレイだよ！　いまでもキレイだもんっ」

そうして子ども達は目を合わせた後、揃って頷いた。そして答える。

「「「リーリルさまっ！」」」

「ぶふっ」

「んくっ」

「あははっ。間違いねえわ！」

リゼンフィアとセルジュが噴き出し、フィルズは大笑いした。彼らの目は正しかった。

そうしてフィルズが爆笑しているところに、別の子どもがやって来る。ここに居た子ども達よりも年上で、エルセリアと同い年の男の子だ。

「フィル兄ちゃん」

「ん？　ああ、ラウトか。どうした？」

「来てるなら昼食の相談がしたいって、おばちゃん達が言ってたから……」

「そっか。了解。探してくれたのか」

「っ、うん……まあ……お、俺も手伝うし……」

少し照れながら言う少年に、フィルズは手招《てまね》きする。

少年はそれにフラフラと近付いて、頭を撫でられると、素直に嬉しそうに頬を緩めた。こうして、素直に撫でられるようになったのは数年前なので、まだ少し照れ臭いらしい。

ラウトは孤児だ。だが、孤児院に入ったのは、六つになる時。

親からあまり構われなかったためか、褒められるという経験もなかったらしく、こうして、褒めているぞと分かるように頭を撫でられることには慣れないようだ。

孤児院では、褒めているというのをきちんと子ども達に伝えるために、こうして頭を撫でて褒めるようにしている。

「よしよし。そんじゃ一緒に行こう」

「うんっ」

そうしてフィルズが席を立とうとすると、エルセリアが顔を顰めた。細い目が更に細くなって、見た目はとても悪い。だが、本人はそんなことには気付いていないだろう。

「ちょっとっ！　こちらの話がとちゅうですわよっ　それにっ、あなた！　わたくしやお母さまをだれだと思っていらっしゃるの⁉」

「あ？　お前なに聞いてたんだ？」

「なんですって⁉」

「お前こそ、俺を誰だと思ってんだよ。どんだけ察しが悪いんだ？」

どうやら、異母兄のフィルズだと気付いていなかったようだ。幼い時しか、まともに顔を合わせていないため、顔を覚えていなくても不思議ではないが、ここまでの会話で察することはできたはずだ。

セルジュとのやり取りで『平民の子ども』とフィルズを貶してもいたのだから、存在を忘れているわけではない。そうなると、ここで問題なのはやはり察しの悪さだ。

「おいおい。これ、本当に外に出す気あるのか？　学園に行くまで、あと何年あると思ってる」

「「っ……」」

言葉の後半は、ミリアリアとリゼンフィアに伝えるものだ。それを受けて、二人は我慢ならずエルセリアを睨みつけた。

「っ、ど、どうしたんですの？　お母さま？」

「黙りなさい。本当に何も分かっていないいなんてっ……旦那様……申し訳ありません。この子は、学園に行かせなくても構いませんっ。ここではご迷惑しかかけない……修道院《しゅうどういん》に入れることも考えておきます」

「しゅうどういん？」

「……後日、考えることにする」

「はい……」

「お母さま？」

最初から最後まで、エルセリアは理解できなかったようだ。

それを見兼ねたのか、水を飲んでいたコップを洗い終え、そろそろ教室に行こうとしていた子ども達がエルセリアへ声を掛ける。

「おねえさん、しゅうどういんをしらないの？　しゅうどういんって、女の人だけをあつめたしゅぎょうするばしょなんだよ？」

「しゅぎょう？」

「わるいことした女の人とか、かみさまのためだけに生きようってきめた人が、一生をすごすばしょなの」

「いっしょう……一生？」

ここまでの様子でも分かるように、エルセリアと十にも満たない子ども達は精神年齢が同じらしい。下手をすれば、エルセリアの方が幼い。知識量の差も出て来ている。

「一度入ったら、きぞくでも、かみさまのゆるしがないと出られないんだ。だから、きぞくっぽいお姉さんには、たぶんツライと思うよ？　ごはんも自分で作って、きがえも自分でして、せんたくやそうじもするし」

「じぶんで……？」

自分でするというのがどういうことか想像できていないのは、その表情からして明らかだった。

「それから、ドレスなんて、もうきれない。みんな同じふくをきるし、やぶれたりしたら、自分で直す。そうやって、ボロボロになるまでそのふくですごすんだ」

「やぶれた……ふくを……？」

「おねえちゃん、ししゅうはできるんじゃないの？　ならやぶれてもだいじょうぶだよ？」

「ししゅう？　そんなの、できないわよ」

「え？　だって、おひめさまじゃないけど、おじょうさまではあるんでしょう？　ちがうの？」

最後のは、リゼンフィアやミリアリアも見てから、フィルズに向けられた。この子達の方がよっぽど祭しが良い。

「よく分かったな。一応はいいとこのお嬢様だ。けど、このお姉さんは、お勉強ができなくてな。未来の旦那ができれば何もできなくていいと思っているらしい。だから、先生が家に来ても、やりたくないって言ってやらないんだってさ」

「「え～……しんじらんない……」」

「みらいのダンナさんがかわいそう……」

「っ……!?」

本気で理解できない人を見る目で、子ども達はエルセリアを見ていた。彼らは、自分から頼み込んででも何かを得たいし、知りたいのだ。わざわざ来てもらっているのに、やりたくないからやらないなんてこと、理解できなくても仕方がない。

「ははっ。ああほら、授業始まるぞ。この人達は今日、廊下から見学するから、頑張ってな」

「「「は〜い!!　いってきます！」」」

「行ってらっしゃい」

手を振り合って、駆け出して行く子ども達をフィルズは見送った。

「さてと。俺も行くわ。ジラル兄、あと頼むな」

立ち上がったままだったフィルズは、椅子を元の場所に戻して、一歩踏み出す。そして、それまでただ静かに見守っていたジラルや、リゼンフィア達に声を掛けた。

「ええ。任せてください」

「フィル……その……ありがとう」

「ごめんね。フィル……」

セルジュも申し訳なさそうに少し俯く。これに苦笑しながら、フィルズは答えた。

「気にすんなよ。不満を溜め過ぎんのも体に悪いからな。クルフィ。兄さんについていてくれ。こっちはいい。問題もなさそうだしな」

元々、クルフィを屋敷に残していたのは、可愛いものが好きそうなエルセリアに会わせないためだった。

これまで隠れてセルジュを護衛していたクルフィも、エルセリアに姿を見られれば、欲しいと言われるのは分かっていた。だから、納得して影に控えていたのだ。

だが、エルセリアにクルフィが詰め寄ったことで、怖いものとして認識させられたはず。ならば、欲しいなんてわがままは言わないだろう。

《承知しました。この後の、この者の態度によっては、制圧も辞《じ》さないつもりです》

「いや～……打撃に弱いだろうから、口だけにしろ」

《では、口で制圧いたします》

「おう。まあ……いいか。周りに迷惑かけんなよ」

《校舎裏に呼び出しですね。分かってます》

「……ん、まあ、兄さんに確認してからな」

《はい！》

セルジュのためならばと、少しばかり過激になるクルフィだが、セルジュが止めるならば一応は止められる。もちろん、本当に確実にセルジュに致命的な害がある時は、止められる前に速攻で排除するだろう。排除の仕方は、武力だけでなく、情報戦もできる優秀さだ。

「ラウト、待たせて悪いな」

「ううん……なんか、大変だね」

チラリとエルセリアを見るラウトの目には、不快だという感情が見えた。そのまま去ろうとしたのだが、ラウトは我慢ならなかったらしい。

「なあ。あんたさ。そういう淡《あわ》い色の服、やめた方がいいぜ」

「え？」

今回、エルセリアは、淡い黄色のワンピースを着ていた。暗い色は好きではないということで、地味な色の服はほとんど持っていない。エルセリアの持つ服は、赤や黄色系の暖色ばかりなのだ。これが唯一、大人しめの色だったというわけだが、似合っているとは言えなかった。

「白とか、白の入ってる淡い色の服は、太って見えるからやめた方がいい。薄い赤とか着たそうだけど、最悪な結果になるから、やめるんだな」

「……へ？」

それだけ言って、ラウトはフィルズと並んで歩き出す。休憩所を出たところで、フィルズは噴き出した。身支度の時にピンクのドレスに執着していたのは、フィルズの耳にも入っていたのだ。

「ぷっ、くくっ」

「どうかした？」

「ああ。あいつ、お前が言った通り、薄い赤のフリフリしたドレス着て来るつもりだったんだよっ。メイド達が必死で止めたけどさっ」

「うわ……絶対に見たくない。メイドさん達、尊敬する」

「だよなっ。いやあ、俺も見たくないわ」

「……リーリル様なら似合いそう」

「じいちゃんは、何でも似合うよ」

「確かに」

やはり、リーリルは美人だと納得しながら、二人で厨房へと向かうのだった。

因みに、リーリルが男で、フィルズの祖父だというのは、リーリルを知る者なら子どもでも知っている。似合う物を着るのは当然だと思わせられる力が、リーリルにはあるようだ。

ミッション④　楽しい企画を準備しよう

フィルズと別れた後、しばらくしてから再び視察に戻るリゼンフィア達。授業が始まるのを待ってからの出発だ。

「まだ……陛下……のクラスは授業中なのだろうか？」

陛下というところだけ小さく声を落として、リゼンフィアはジラルに尋ねた。

「はい。上級クラスの授業は少し長いのです。それに、他のクラスの者達の移動と重ならないように時間をずらしておりますので」

「ああ、あれだけの人数が一気に動けば、混雑するか」

「大人と子どもが、あの廊下を同時に行き来しますと、危ないこともありますので」

「なるほど」

廊下は走らないようにと注意書きがあっても、子ども達は走ってしまうこともあるだろうし、大人が早歩きすれば、子どもが走る速さとあまり変わらなかったりする。よって、わざと授業の時間をズラしているのだ。そんな会話をしながら立ち上がり、視察する教室へと向かう。

エルセリアは不満顔を隠すこともなく、丸くなった顔を更に丸くしている様は、是非とも鏡で見せてやりたいものだ。

クルフィが居る手前、セルジュはこれ以上苛つくのは良くないと思い、エルセリアから意識を逸らしておく。だが、そんなセルジュの想いも、クルフィには筒抜けだ。

子どもがいくら取り繕ったところで、知識の豊富な大人達の考え方などを全て取り込んでいるクルフィには手に取るように分かる。

だからこそ、フィルズはクルフィを侍従として、セルジュに付けることにしたのだ。

クルフィは、セルジュの想いが分かるため、そのまま抱え込んでいては苦しくなることも分かっている。それならばと話しかけた。

《セルジュ様。なぜご自分があのブタ……小娘を見て苛つくのか、分かっておられますか？》

「……ブタ……あ、いや、小娘……えっと……う、うん。分からない。なんとなく……？」

リゼンフィアとジラルの後に続いて廊下を歩きながら、セルジュは隣から問いかけて来るクルフィに目を向ける。少しばかり距離を空けて、ミリアリアとエルセリアはついて来ているが、聞こえていないのか、気にしていないのか。

《ご主人様……マスターが仰っておりました。期待しているから、それを裏切られたと落胆し苛立つのだと》

クルフィは、わざわざフィルズのことをマスターと呼び変えた。それはクルフィの中で変化があったからだが、今はその変化に気付く者は居ない。

《その辺の雑草ほどに気にかけない者ならば、景色と同じで目に留まることもありません。綺麗だと思うことさえなく、何だろうと気に留めるものでもないならば、苛立ちなど感じませんでしょう？》

「……うん……え？　なら、僕は……何かを期待してる？」

エルセリアに期待をしているのだということ。それはセルジュにとって、眉をきつく顰《ひそ》めるほど不快なことだった。

《こうあって欲しいと思われているところがあるのでしょう。嫉妬《しっと》などもそうです。勝手に期待し、相手を羨む。そうした感情は……自分でもどうすることもできないことが多い》

「……」

《セルジュ様はまだお若い。若い者ほど、理想は高く、現実的でないこともあります。そこを期待して苛立つというのは、本人にも、相手にも不幸なことです》

仮に、ずっと苛立っているということになれば、周りへの影響も悪くなる。そうして損をするのは本人だ。クルフィは、セルジュにそうなって欲しくはない。真っ直ぐに見下ろして来る青い瞳を、クルフィは静かに見つめ返す。

《どうぞ、お考えください。距離を取り、分析《ぶんせき》することも必要でしょう。これくらいならばという妥協点を見つけることも、小娘を理想に近付けるために周りから手を回すことも考えられると良い。そのためにならばいくらでも、わたくしは力をお貸ししましょう》

「クルフィ……」

全て無理やり呑み込めとは言わない。無理に納得しろとも言わない。考えて良いとクルフィは答えた。

「うん……考えてみるよ……」

《はい……我が主、セルジュ様の望まれるままに》

「主……？」

主人とは、クルフィを創ったフィルズのことではなかったかと、セルジュは少し不思議に思ったが、その時には、教室の前に辿り着いていたため、確認はできなかった。

この時、クルフィはセルジュを本当の意味で唯一の仕《つか》えるべき主と定めた。これは、フィルズがクルフィ達ウサギを『従者』として創ったためだ。クマや健康ランドのトラ達とは違い、特定の者一人のためだけに力を振るう。そうプログラムした存在だった。

ただし、フィルズは命令に忠実なだけの人形を作ったつもりはない。だから、ウサギ達自身に、真に仕えられる主人として相手を認めるか認めないかの裁量権を与えていた。そして、今この時に、クルフィの中でセルジュを主人とすることが決定づけられたのだった。

そんなことが起きているなど、この場の誰もが知るよしもなく、立ち止まったジラルが教室の中を示しながら説明する。窓から見える教室の中では六、七歳から十代前半までの子ども達が、真剣に手元を見て指を動かしていた。

「こちらが、初級クラスの授業になります。この時間は年齢の低い子ども達ばかりです」

「年齢がこれだけ違うと、それぞれの進み具合がかなり違ってくるのでは？　理解度は違うだろう？」

リゼンフィアがジラルに尋ねた。

「はい。なので、テキストを個人で進めていくことになっています。開始から十五分は、それぞれで問題集を進めていきます。こちらがテキストです。こちらの教室へどうぞ。椅子にお掛けになり、ご覧ください」

向かいの空き教室。その廊下側の席にリゼンフィア達は座る。廊下に面した壁にも窓があり、教室の外から見えるようになっていた。そして、手渡されたテキストをそれぞれめくった。

「そろばんの使い方もこちらに書かれておりますので、是非、使ってみてください」

次に、そろばんを手渡され、リゼンフィアとセルジュはすぐに読み込んでパチパチと玉を動かしてみる。

「ほお……これは……なるほど。陛下が夢中になるはずだ……」

「すごい……計算が分かりやすい……フィルはなんで教えてくれなかったんだろう……」

いつもは真っ先にセルジュに教えるフィルズだが、今回のそろばんはまだだった。セルジュには、きちんとした家庭教師も付いているので気を遣ったのだ。

家庭教師は他家の貴族の子息だ。彼らは実家と縁が切れているわけでもないし、リゼンフィアが選んだ人材だ。その教育に横槍を入れて変に影響を与えるのは良くないとの判断だったのだ。

どのみちリゼンフィアがこうして視察するのは予想していたため、セルジュもここで一緒に知るならば、家庭教師への問題をリゼンフィアに任せられるとも思っていた。それに、何より理由があった。

　今回案内を任されることになったジラルとフィルズの会話。それをジラルは、並んで座るセルジュとリゼンフィアを見て思い出していた。

『俺はまあ、家も継がねえしいいけど、兄さんには、やっぱ頼りにもなる父親ってのも知ってもらいたいんだよ』

　建設中の学舎の確認のため、度々孤児院を訪れ、ジラルとお茶休憩をしながら、フィルズはそう言った。

『親父も、兄さんの方が色々俺のことや俺がやることを知ってるってので、ちょい思うところもあるらしくて、距離感が微妙でさ～』

　お互い、歩み寄る気があるのかないのか。険悪ではないし、喧嘩しているというわけではないが、どうにも距離があるのがフィルズは気になっていた。

『貴族の親子って、一緒に何かをやるってことがないんだよ。そもそも、教えるってのが下手でさ。見て、そらやってみろって感じが多いみたいなんだ』

　社交でもそうだ。何度かやっているところを見せるが、親が直接教えることはあまりない。父と息子は特にそうだ。気を付ける相手などの情報も、執事《しつじ》や侍従から教えられるし、父の姿を見よう見まねで何となく手探りで理解していく。

　母親は娘に自分のコピーを作ろうとするくらいに構うのに対して、父親と息子の関係は淡白《たんぱく》だ。

『けど、その見本である父親が頼りないって一度でも感じちまうと、見切りを付けるのが早くてさ。

普段、色々と教えてくれるのは家令とかだし、なら父親なんて要らないか〜って』

関係性が薄いこともあり、見切りを付けるのが早いのだ。

『父親の方も、どうも失敗するのを見せないように、ボロを出さないように、あえて接触を減らそうとしてるってのもあるんだろうな〜』

威厳ある父親像を大事にしているというか、大人になっても自分の父親を理想としているのだろう。親子の付き合い方が下手なのは、見栄っ張りな貴族という性質も邪魔しているのではないかとフィルズは分析している。

『そもそも、背中を見せるってのを勘違いしてんだよな〜。執務室に入って行く背中だけ見せとけば正解とか思ってんだよ。そういう意味じゃねえってえのっ』

フィルズはこの勘違いっぷりに笑った。向かいに座るジラルは思わず苦笑した。それは確かに違うと。

『だからさっ。そろばんのことは、兄さんも親父と一緒に視察した時に教えることにした。テキストがあっても、理解度はやっぱ実践経験のある大人と子どもでは違うし、多少は頼りになるっていうか、尊敬できる父親ってのを感じられるかな〜ってさっ』

一緒に同じことをするという体験は、親子には良いものだろう。

『そんで、教え合えたら尚良し！』

そんな楽しい企みを口にするフィルズに、ジラルは優しく微笑んでいた。

そして今、二人はこれはこうだとお互いに教え合いながらテキストを次へ次へと進めていた。さすがは宰相というべきか、リゼンフィアの理解は早く、あっという間に使いこなしていく。

「ここで、この九九？　というのを使うのか」

「父上、これはこういうことでしょうか」

「ああ。それで答えはこれだ」

「なるほど。ならこれは……答えはこれですね」

「早いな。うむ。それだ」

弾《はじ》いたそろばんを見せ合いながら、うんうんと頷き合う。セルジュの理解力も高いため、お互い話し合うのが楽しそうだ。親子だというのに、仲の良い友達のようにも見えてしまう。

「父上は計算が早いですね」

「使い方が分かれば、今までの数倍は早くできそうだ。九九というのも、これは覚えると言っていたな。覚えてしまえば便利だろう」

「そうですね。覚えられるものかどうかは、やってみなければちょっと分かりませんが」

「ああ」

多少は頼りになる父親という姿を取り戻せたようだ。

「良かったですねえ……」

ジラルはフィルズの目論見《もくろみ》が上手くいったのを確認し、今度彼に会った時にこの様子を教えてあげなくてはと微笑んだ。

そして、次にミリアリアとエルセリアへと目を向けた。

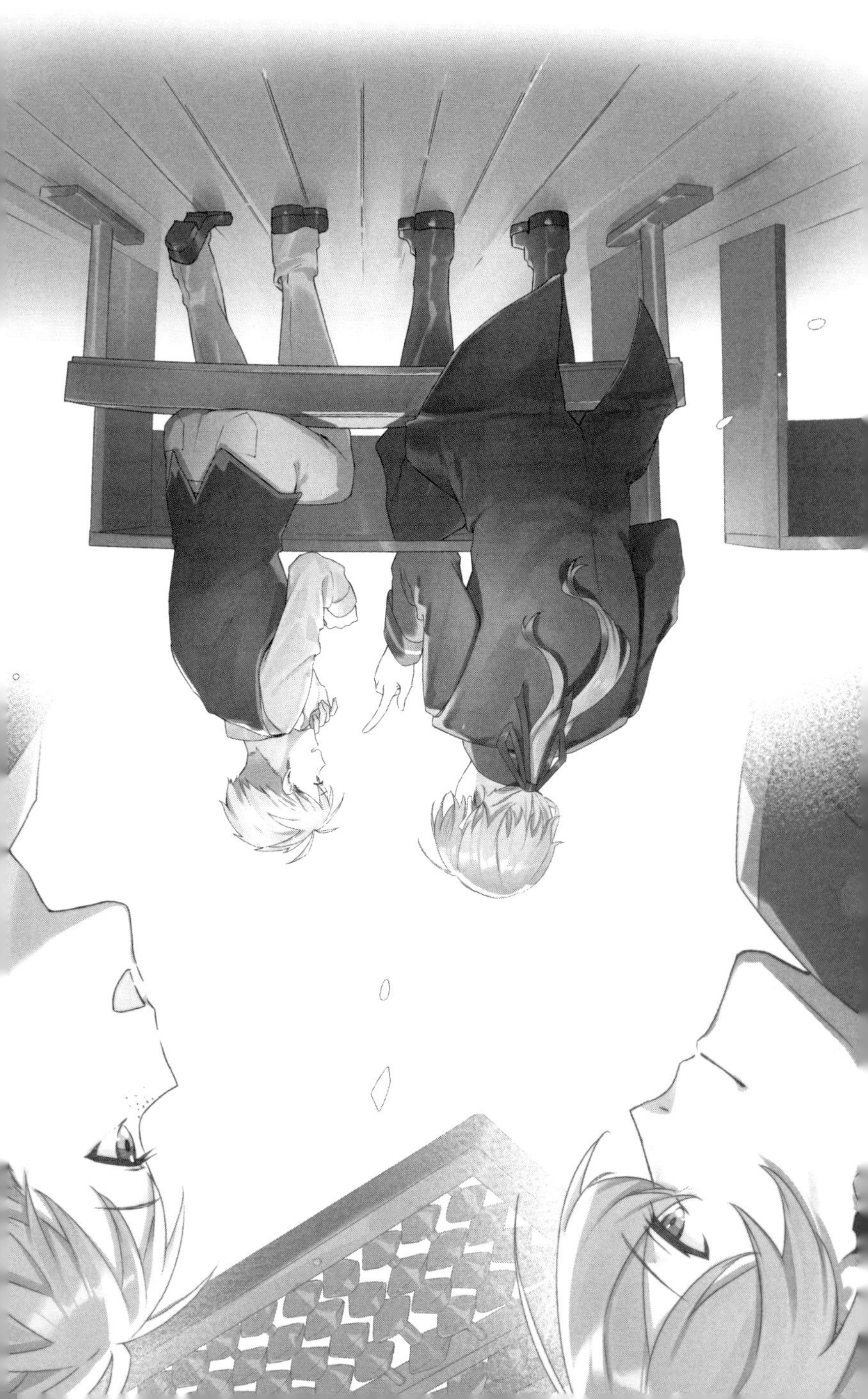

リゼンフィアとセルジュがそろばんを使いこなしていく中、少しばかり遅れてミリアリアも目を丸くしながら理解していっていた。

「え……あ……思ったより……簡単だわ……」

生活の中で特に計算を使わない者は、苦手意識を持ち続けている場合が多かった。ミリアリアもそうで、まさかこんなに簡単にできるとは思っていなかったため、楽しいとも思い始めていた。

一方、エルセリアはテキストを渡されても、読む気になれなかった。文字は簡単なものしか読めず、苦手意識があって避け続けて来たため、説明文さえ理解できなかったのだ。

「何よこれ……」

絵があるため、見よう見まねでそろばんの玉を動かしてみるが、動きを楽しむだけでしかなかった。それを察したジラルが、エルセリアへと近付く。

「よろしければ、お教えいたします」

「え……あ……はい……」

先ほどセルジュに怒られたこともあり、エルセリアは、ここは素直に教えてもらうことにした。

「この下のを一つ上に上げることで一です。順番に、これに一を足します。これで二。更に一つ上げて三です。更に一つ足してください。これで何になりますか？」

「……四？」

「はい。次に……」

そうして、一つずつ足すことを覚えていき、次に二ずつで十まで。次に三ずつで二十一までとジラルはエルセリアに教えていった。

その頃には、エルセリアも目を大きく開け、キラキラと瞳を輝かせながら夢中になっていた。

「できるわ……っ……かんたんじゃないっ」

「では、こちらの問題をやってみてください。上から足していく数字です」

「分かったわ」

たった三つ並んだ数字の足し算。

「三、五……二っ……十だわ！」

「正解です」

「できた！」

「はい。できました。では、次はこちらの問題を」

「いいわっ。五、三、三っ……二、五っ……答えは十八？」

「はい。正解です」

「っ、できるわ！」

エルセリアは初めて『やってみてできた』というのを経験した。

「何よっ。計算なんてかんたんじゃないっ。やっぱり、先生がわるかったんだわっ」

これに、すかさずセルジュのトゲのある声が返る。すぐに冷静に、イラつかないようになるというのは無理だった。

「僕とフィルも同じ先生に習ってたけど？　そんな簡単な一桁《ひとけた》の足し算さえ理解できなかったお前の頭が悪かったに決まっているだろう」

「っ……だっ、だって……」

フィルズの口の悪さが移りかけていそうだ。

言い訳という反論をしようとするエルセリアだが、言葉はまとまらないらしい。その隙《すき》に、セルジュはジラルへ尋ねる。

「私くらいの年齢の子で、一番進んでいる子はどれくらいのことができますか？」

「そうですね……このテキストは終わって、中級まで行っていますね。そろそろ上級に入る子も居るかもしれないと聞いています」

「上級!?　それは……陛下と同じ？」

上級入りと聞いて、リゼンフィアが驚きの声を上げた。

「ええ。弾く速さもかなりのもので、暗算もスラスラやりますよ」

「暗算っ……書くこともせずに……ということだろうか？」

「はい。子どもの集中力というのはすごいものがあります。このそろばんを頭の中のイメージで弾くのです」

「……これを……なるほど。だが、そこまで……」

現役の文官でも難しいだろうというのは、現場を知るリゼンフィアだからこそ分かるものだ。唖然としてしまうのは仕方がない。

「ああ、すまない。続けてくれ。そうだ。このテキストをそれぞれ進めるとなると、あれだけの人数だ。教師が個々の実力を把握《はあく》しきれないのではないか？」

どこまで進んだかの確認はすべきだろうが、難しいのではとリゼンフィアは指摘した。

「そうですね。あ、丁度十五分が経ったようです」

ジラルは廊下側の窓を開ける。向かいの教室から、微かにざわめきが聞こえた。

「ご指摘された通り、進み具合の確認は必要です。なので、ここからしばらく、様々な難度の問題が前の黒板と生徒達の使う机に表示され、それを解いていきます」

「机に？」

そこでジラルは、机の天板の手前に手をかける。その天板の上には、柔らかい『ソフト下敷き』のようなシートがあり、一人分の机の幅でカットされているそれを机の奥の方、前へ折り曲げる。

「これをめくって、向こう側へ垂らします」

フワリと丸まって半分垂れ下がるそれをそのままにして、次に机の天板の手前から四分の一くらいの場所にある小さな指の入る窪みを指で引っ掛けると、蓋が開くように横幅三十センチくらい板が上がる。起こしていくと、ノートパソコンの画面のように板が立ち上がった。

「これが画面です。ここに、その日の問題が表示されます。この下の所に答えを指で書きますと、教師の机の方で確認、記録できます」

ノートパソコンならば、キーボードになっている場所。そこはタッチペン式の画面になっており、答えを書き込む。それが、教師の手元で見えるようになっていた。

「それを進めながら、個別に新たに教えるべきものがある子は、教師の所に呼び出され、指導を受けます」

「なるほど……その間、他の生徒達は出された問題を解いていれば良いというわけか」

そうして説明を受けている間に、子ども達は天板を起こし、用意が出来たようだ。

「はい。そろばんは基本、加算《かさん》、減算《げんさん》、乗算《じょうさん》、除算《じょさん》というこの四つのやり方さえ教えれば、あとは個人での練習、訓練となりますので、こうして年齢など関係なく集めて授業をすることが可能です」

加算は足し算、減算は引き算、乗算は掛け算、除算は割り算のことだ。

真剣に取り組む子ども達の中で、先ほど休憩所で会った子どもを含めた数人が呼ばれたのか、教師の下へ向かうのが見えた。因みに、教師は本当に元王妃のカティルラだった。

「あの子。確か、今日から新しいこと……九九を教えてもらえるって言ってた……」

「覚えれば、乗算や除算をする時に、とても効率が良くなりますので」

セルジュがテキストに載っている九九の一覧表を改めて見る。

「これ、すごいですよね……これはフィルが？」

「いえ。賢者の知識だそうです」

「えっ……」

「賢者の！」

これにはリゼンフィアも驚いたらしい。

「そろばんと共にあったものです。一度は歴史の中に消え、賢者の残した遺跡で発見された時には、そろばんは楽器の一つとして認識されたようです。こちらが、実際に残されていたそろばんです。どうぞ、触ってみてください」

「……なるほど……うむ。弾く音も良いと思ったが……」

ジラルが教卓の中から取り出した古いそろばんを受け取り、リゼンフィアは軽く振ってみる。

カシャカシャッ

まとまりもある良い音がする。リゼンフィア達に用意されていたそろばんの音よりも軽く高い音がした。

「とても良い音だな。楽器と言われても、なるほどと思ってしまうだろう……」

こうした音のする楽器は実際にあるため、楽器だと言われてしまえばそうかと思うだろう。

「そうなのです……ですので、フィルがこの九九の一覧とそろばんを持って現れた時は、この九九の一覧が楽譜《がくふ》なのかと思ったほどで……」

「私でも思うだろう。だが……この九九というのは、本当に効率が良さそうだな」

ジラルに頷き、リゼンフィアもテキストに載っている九九の一覧を見つめる。

「読み方も書かれているのが良い」

「はい。例えば乗算は加算、除算は減算をすることで答えを出すのが一般的でした。ですが、これを使えば、筆算の乗算も格段にやりやすくなったのは、お分かりいただけたかと」

「ああ」

「そうですね」

「あ……」

ミリアリアは、この説明でようやく九九というものの使い方を理解したようだ。

賢者達にとって四則演算《しそくえんざん》ができるのは当たり前で、九九は覚えているのが普通の年代に育ったようだ。そのため、教えるという考えに至らなかった。

賢者と付き合いのある者達が、話しついでに教えてもらうことはあり、その記録も残っていたが、計算など貴族だけができればいいという考えの下に、情報の規制がかかっていったらしい。

これにより、時代と共に忘れられていったようだ。その結果、筆算はできるが、それを使う掛算のやり方が本来のものと違って来ていたりしていた。

そうして、子ども達が天板を上げてから十分ほどが経った頃。子ども達が教師の声で顔を上げるのが見えた。

「ここから数問、気分を変えるために読み上げ算をします」

「読み上げ算？」

子ども達の表情が変わった。ピンと張り詰めるような緊張感が伝わって来た。

その雰囲気を感じ取ったのだろう。エルセリアも、一体次は何が始まるのだろうかと真剣に目を凝《こ》らしていた。リゼンフィア達は、エルセリアも含め向かいの教室から聞こえる声を聴き取ろうと耳を澄《す》まし、身を乗り出すようにして見る。これを見てジラルは提案する。

「廊下でご覧になりますか？」

「ああ……」

何をするのかと見ていれば、朗々《ろうろう》と響くような前王妃カティルラの声が聞こえて来た。

「願いましては～、５１０セタなり～、３５０セタなり～、２８５セタなり～、４６７セタなり～、１２３セタではっ」

「「「「っ、はい！」」」」

真剣に手元のそろばんを睨み、指を動かしていた子ども達は、怖いほどの勢いで手を挙げる。

「シーラさん」

「はいっ！　１７３５セタです！」

「正解です。よくできましたね」

「っ、はい！　ありがとうございます！」

「では、この金額に対して大銀貨を二枚支払った場合、いくらお釣りがきますか？」

「「「「はいっ！」」」」

「リタさん」

「２６５セタで、銀貨二枚に大銅貨六枚、銅貨五枚です！」

「素晴らしい。正解です」

「えへへ」

嬉しそうに答えたのは、休憩所でフィルズに話しかけて来た子ども達の中に居た少女達だった。

リゼンフィアは目を丸くしながら、それからもいくつか問題を答えていくのを見ていた。

「……これは、あんな速さで弾いて、聞いた数字を足しているのか？」

「そうです。これが読み上げ算です」

「僕よりも幼い子達が……集中力がすごいですね……」

セルジュも、自分よりも年下の子ども達の集中力に驚いていた。そして、ミリアリアとエルセリアはといえば、信じられないものを見たという顔で瞬《まばた》きも忘れて教室の中を見ていた。

「あんなに速く……計算した？　できるものなの……？」

「……なんで……あんな小《ちっ》ちゃい子が……計算……なんでできるの……？」

セルジュはこの様子を見て、ジラルに確認する。

「あの子達、授業を受け始めてどれだけ経ちますか？」

「そうですね……シーラやリタでしたら、ひと月ほどでしょうか。そろばん教室は週に三回ですが、寝る前にその日の復習もしていますし、かなり頑張っていますよ。楽しんでもいるようです」

「他にも毎日色々と授業があるんですよね？」

これは、エルセリアに聞かせるための質問だ。そろそろ、現実を見ろという圧力をかけていく。

クルフィも傍に居ると思うことで、セルジュはかなり冷静さを取り戻していた。

「そうですね。他に力を入れているのは、こちらも週三回の読み書きの授業。あとは、小物作りの体験をしながら裁縫《さいほう》を学んだり、お昼か夜の食事を作りながら学ぶ料理教室は、子どもから大人まで人気がありますね」

「それは、我々よりも沢山のことができるようになりそうだな……それも、子どもだけでなく大人もか……」

リゼンフィアは感心しきりだ。

「ええ。冒険者の方も多いです。他にも、史実の授業や帳簿《ちょうぼ》付けの授業、神学《しんがく》の授業もありますし、ダンスや健康体操の授業、護身術《ごしんじゅつ》の授業などもあります」

「史実の授業など……受ける者がいるのか？」

歴史を知る授業など、庶民には必要のないものだろう。庶民は、自分に必要となるものにしか価値を見出《みいだ》さない。時間に余裕があるわけでもないのだから、それを学ぶ時間、稼ぎに出た方が良いと普通は思うだろう。貴族達でさえ、それほど重要視してはいない学問だ。

しかし、これが意外にも人気だったりする。

「教えるのは、神殿長やクラルス様ですので、大人も子どもも、物語を聞くのを楽しむように参加していますよ」

「クラルスがっ？　あ、なるほど……吟遊詩人の語りのようなものか……」

「ええ。クラルス様は、多くの国を巡って来られたからでしょうか、裏話などもご存知で、私も度々《たびたび》参加させていただいています。神官の中でも人気なのですよ」

「そんなことが……」

リゼンフィアの顔には、少しばかり羨ましいという感情が浮かんでいた。彼はそうした話も好きで、出会った頃のクラルスに話をせがんだこともあった。

「……クラルスの語り……」

それは今では懐《なつ》かしく、結婚してからは一度も聞いていないことに気付く。そうして話を聞くのが好きで、生き生きと語るクラルスの表情を見るのが好きだったのだ。それを今まで忘れていたことに気付いて、一人愕然《がくぜん》とした。

リゼンフィアが本格的に落ち込んでいるのを察してか、セルジュがジラルに声を掛ける。

「セイスフィア商会で、予約制でやっているスキルアップ教室と同じですね。今でもすごく人気だって聞いてます」

セイスフィア商会では、同じような講座を予約制で受講できる『スキルアップ教室』を実施している。料理研究や新たなデザインの服を研究、試作していく講座や、自分自身を磨く一環として、侍女やメイド、執事などの技術を修得できる講座、護衛技術を磨く講座や、女性専門の護身術講座など、日によって様々な講座を開講中だ。

「ええ。あちらは、商会としてのものですので、受講料が発生します。内容も専門的なものですから」

「え？　まさか、こちらはお金がかからない？」

「そうです。お料理など、材料費のかかるものは、寄付という形でいただいた物を使いますし、セイスフィア商会からの寄付金も使わせていただいています。そろばんは貸し出しも行っていますし、講師の方へのお礼も基本しておりません」

あくまで、この授業は教会に付属しているものなのだ。よって、孤児院の者達が優先的に受けられる。

「それでも、冒険者の方々は、食事に使ってくれと狩りの成果をお持ちになりますし、裁縫の勉強のためにと、使えないと思われる端切《はぎ》れなどを町のお母様方がお待ちになります」

自分達の子どもは、孤児院の子ども達にも任せられる。孤児院の子ども達は、子どもを相手にするのに慣れている。

だから、遊ばせておいて、自分達は気楽に子ども達を気にせず裁縫に集中できる。それなら練習用の布を孤児院のためにあげることくらいなんてことない。真面目に教えて欲しいと聞いて来るような自立心のある子ども達の相手も大歓迎だ。

「農家の方は、形が悪く売れ残ってしまった物を持って来てくださいますし、商会や商業ギルドからは、仕事の効率が上がったと喜ばれ、こちらの教室に使って欲しいと設備用の寄付をいただくこともあります」

商業ギルドの中には、セイスフィア商会の方の講義を受ける者も多い。

彼らが何より期待しているのは、今後多くの知識を身に付けて大人になる子ども達のことだ。既に目を付けている者がいるとも聞いている。

見習い職員達もここで受講することで、ほぼ即戦力として使えるようになる。感謝を示すための寄付金が増えるのは当たり前だった。

「なんか……すごく上手く回っていますね」

「本当に。お祈《いの》りのためだけに来られていた年配の方々も、少しこちらに寄っていかれることも多くなっていて……そうすると、子ども達とよく笑っておられます。帰りには、教えてもいないのに、自然と子ども達や近くの家の方がお家まで送っていったりして……」

ジラルの目には、涙が滲んでいた。

「ここまで活気もあり、思いやりも溢れる様子を見られるのは、嬉しい限りです」

「ふふっ。フィルの影響ですねっ」

「ええ。フィルのお陰です。ただ、困ったことに、私を含めた神官達は、他の町への異動が嫌になってしまいまして。神殿長に呼び出された時は、真っ先に『異動はお断りします』と答える日々です。最近は先に神殿長の方から『異動の話ではありません』と言われてしまいますが」

神官達は示し合わせたようにそう口にするので、神殿長も今や挨拶か何かだと思っているらしい。最近は、どちらが先にそれを口にするかを競っている風でもあった。

セルジュはそれを想像して、思わず笑う。

「ふふっ。神官様もそういうところ、あるんですねっ」

「自分の意志は示しておきませんと。後悔はしたくありませんからね」

「なるほど。自分の意志はきちんと口にしなくては誤解を受けたりしますしね」

うんうんとセルジュは何度も頷いた。

その後、暗算をする子ども達を見て更に衝撃を受けながら、そろばん教室の視察を終えた。エルセリアも、自分ができないことに何か思うところはあったようだ。

「では、次に食堂をご案内いたします。その後は食事をご一緒していただき、神殿長とお話しされてから終了となります」

そうして、意外にもしっかりした食事を驚きながら食べ終え、一同は神殿長の部屋へと移動した。

そこには、寛《くつろ》いだ様子のファスター王も居て、リゼンフィアが頭を抱えることになる。

そんなリゼンフィアも、まさか神殿長とファスター王がフィルズのために時間稼ぎをしているなんて思うことはない。

その頃フィルズは、今日のメインイベントのための準備の最終確認作業に駆け回っていた。

◆ ◆ ◆

クルフィからの報告でセルジュの様子を見に行ったフィルズは、公爵家の親子が視察の際に孤児院の昼食を食べると聞いて、不安がっていた食事担当の者達を激励した後、公爵邸に戻って来ていた。真っ先に出迎えたのは、家令のカナルだ。

「お帰りなさいませ」

「ああ。カナル。どこまでできてる」

屋敷に入り、廊下を進みながら聞く。

「テーブルなどの運び込み、設置まで終え、現在は飾り付けが半分ほどできたところです」

「おっ、予定より順調じゃん」

「本当に、どうなっているのです？　お茶会の準備など、前日の丸一日かけて用意するものですよっ？」

　カナルは普段と変わらない真面目な顔で出迎えたが、内心の動揺はかなりのものらしい。

「うちの設営班は優秀だろ？　一時間もあれば、簡単な会場なんて出来上がるぜ。日々のゲリラ営業の賜物《たまもの》だな」

「どんな営業ですか……」

　セイスフィア商会では、辺境伯領や元男爵領へ移動販売車にて営業に出かけることが月に二度ほどある。そこではフードコートやビアガーデンのように、広場の一部を一時間とかからず作り上げて営業するのだ。その設営を手がけるのが、リュブランの元騎士団のメンバーの内の二人。

　フィルズは彼らを見つけると声を掛ける。

「セイル。タクト」

「っ、会長、お戻りでしたか」

　配置の確認をしながら設営図と見比べていたセイルは騎士の家系らしく、とても真面目な性格の少年だ。少し融通《ゆうずう》が利かないところがあったが、クラルスやフィルズと過ごす内に、手を抜いても良いというところを知り、かなり余裕が出て来た。

　それまでは、とても息苦しそうだったのだ。かなり厳格に育てられたのだろう。ただ、まだ表情が固いとクラルスに指摘され、笑いながら頬を引っ張られることは多い。

　そして、もう一人のタクトは、テーブルに置く花を整えていた。

「セルジュ君は大丈夫でしたか？」

心配そうに声を掛けるタクトは、上にも下にも複数の異母兄弟がいたらしく、面倒見の良い少年だ。しかし、上への敬意と、下への思いやりを強要されていたようで、最初の頃は少々無理をしている様子だった。

だから、年下なのに頼りになって、尊敬もできるフィルズという存在に混乱し、一時期不安定になった。同じく孤児院の子ども達も、見た目では判断できないことが多く、タクトは彼らと過ごす中でゆっくりと、人との付き合い方を再形成していった。

そんなタクトにとって、セルジュは友人でもあり、一つ年下の可愛い弟のような存在でもあるようだ。次期当主としての重責に耐えながら努力するセルジュのことは、素直に応援したくなり、支えたくなる。セルジュはタクトにとって癒し枠のようだ。

今回、このセイルとタクトが手がけるのは、ガーデンパーティの設営だった。

「いやあ〜。兄さん、めっちゃ口悪くなったかもっ。けど、クルフィがちょい過激系だから、常識人の兄さんは逆に冷静になるんだよなっ。俺的には大正解！　グッジョブっ、オレ！」

「「……会長……」」

「……」

自分で自分を褒めるフィルズは、セイルとタクトに呆れたような目で見られ、斜《なな》め後ろに居るカナルからは不安そうな目を向けられた。

「ははっ。まあまあ。兄さんは大丈夫！　それより、会場の方はもうほぼ完成だなっ」

「はい。今日は気温も高いので、日陰も余分に作りました」

フィルズはセイルの報告を聞き、日陰を作るために屋敷のバルコニーからかけられたシートを見上げて、繋がっている場所なども確認する。すると、シートの一つに、黒い影を見つける。

「ん？　ああ、ジュエルか」

そのロープを吊るのを手伝ったのだろう。そこに居たのはドラゴンのジュエルだ。今は、どうやらシートの上で丸くなって日向ぼっこ中らしい。

「ジュエル様ですね。器用にロープを結んでおられて驚きました」

カナルも同じ所を見上げて微笑む。ジュエルはしっかり手伝ってくれたらしい。

シートは雨除《あまよ》けにも使える物だが、青や橙《だいだい》、緑といったカラフルな色をしている。テーブルクロスもこうした色を使っているので、見た目の華やかさが増していた。デザイン担当のタクトは、和やかに会場を見回して提案する。

「あのシートですが、将来的にはもっと色を増やしてはどうかと。花の少なくなる冬場でも、こうした色の布を壁やテーブルに使えば、とても華やかになると思います。もちろん、雨除けとしても、色があると気分も上がりますし」

本来、こうした催しは、女主人が取り仕切るもので、タクトやセイルには縁のないものだった。しかし、いざこうしてやってみると、その面白さに取り憑かれた。こんな楽しいことがあるのかと知った二人は、建築技術の本から、ドレスのデザインまで、様々な知識を取り込んでいる。

「そうだな……野外での営業も、華やかな色が見えた方が目を惹《ひ》く。外でも、個室みたいに目隠しに使ってもいいと思ってるんだが」

「っ、なるほど……ロープで吊って……健康ランドの病室のようにすれば……個室ですか……カーテンで……やってみたいです！」

「ああ、あんま色を使い過ぎるのも目が疲れるが、ある程度色を統一したらいいだろう。あ、そうだ。カラーコーディネートっていう配色のこととかを書いた賢者の研究書が出て来たんだ。図書室に入れてあるから見てみろよ」

「っ！　是非！　セイルと見させてもらいます！」

「おう」

タクトとセイル。タクトはどちらかというと社交的で、セイルは人と仕事以外で関わるのが苦手なタイプ。普通に貴族の子息として暮らしていたら、あまり馬が合わなかっただろう。

だが、今や親友とも呼べる間柄《あいだがら》。二人共、意固地《いこじ》になっていた部分が緩和されたことで、お互いを上手く補い合えている。この二人に任せて正解だったなとフィルズは満足げだ。

ふと、会場をチョロチョロと動き回る彼らの補佐役達に目を向ける。

「そういえば、サル達はどうだった？」

「っ、子ペンギン達よりもすごく器用で、とても助かりました！」

今までは、営業車担当の子ペンギン達が彼らの手足となっていたのだが、今回、専用の魔導人形を創り出すことにした。

そして、出来上がったのが、サル型の魔導人形。それが十二匹。二足歩行型の人形ではなく、猿らしい姿にした。

高所の作業もしやすいよう、体は軽く小さく作り、丸くなった時の大きさは二十センチほど。人の腕に掴まって移動する様は、とても微笑ましいものがある。大きな物は集団で運び、子ペンギン達と同様に、斜めがけしたマジックバッグのポシェットには、荷物を運ぶために必要な三輪車付きの台車や、工具などが入っている。

三輪車で台車を引いて運んでいく姿は、フィルズのお気に入りだ。大変和む。

それらを統率《とうそつ》するのは、金と銀の毛並みの、同型の二体。それが今、セイルの両腕に掴まりやって来る。満足げな顔で、セイルが報告するのと同時に、金色の方が、セイルの腕からタクトの肩に飛び乗る。

「設営完成です」

「おう。お疲れさん。ルッティと、サッティもご苦労さん」

《まだまだやれるよ?》

と言うのがちょっと恥ずかしがり屋なセイルの相棒の銀色のルッティ。セイルの腕に顔を押し付けながらの発言だ。

《楽しかったの～♪》

そう言うのが、甘えたなタクトの相棒の金色のサッティ。タクトの頭に軽く抱きついている。双子の設定で作ったが、意外にも個性が出たなとフィルズは楽しんでいた。

「余裕あるなあ。この後は、好きにしてくれ。子ども達にも、お前達のお披露目《ひろめ》はしてないし、健康ランドで遊んで来てもいいぞ。セイルとタクトは、こっちを手伝ってくれるなら、給仕《きゅうじ》役だ。販売用の制服で頼む。それか、参加者に入るか？」

「……今回は遠慮します。給仕で」

「私も、会場の雰囲気は見たいし、給仕の方を手伝うよ。セルジュ君も心配だしね」

「ははっ。頼んだ」

サル達は待機が嫌ということで、この後は健康ランドのアスレチックなどで遊ぶ子ども達と、お披露目を兼ねて遊んでもらうことになった。

「なら、サッティとルッティは子ザル達と健康ランドな。子どもらにお披露目できれば、明日からセイルブロードの方の手伝いにも回れる」

「子ども達に受け入れられれば、確かに問題ないですね」

「人気者になると思うよ。働き者だしね」

「だなっ。おーい、ジュエル！　サル達と健康ランドで遊んで来ないか？」

《っ！　クキュウ！》

行くっ、との返事をしながら、シートの上から降りて来るジュエル。ジュエルが引率するなら何も心配は要らない。

「さてと。俺も準備するか」

ここからが本番だ。

ミッション⑤　現状を把握しよう

リゼンフィア達は孤児院で昼食を終え、神殿長と、なぜか一緒になったファスター王と、現在のこの公爵領都の変化について話をした。

セイスフィア商会が出来てから、一切屋敷から出たことがないミリアリアとエルセリアには、話が全く理解できないものだ。

しかし、さすがのエルセリアでも、お忍びで来たという王を前に傍若無人《ぼうじゃくぶじん》に振る舞えるわけもなく、口を開かずにじっと耐えていた。彼女にとっては苦行の時間が終わり、部屋を出る時。神殿長がセルジュへと声を掛ける。

「セルジュ君も少しは安心したのではありませんか？　彼女……」

そう言って、細めた目をエルセリアへと向ける神殿長。

「王の前ではきちんと口を閉じていましたし、一応は相手を選べるようですから」

「……？」

エルセリアが何のことかとセルジュの方を見る。その時セルジュは苦笑していた。

「さすがに陛下の前ではと、考えられる頭はあるということには……喜ぶべきなのでしょうか……ですが、気付いていなければやらかしたかと」

「それはありそうですねえ。本人的にはどうですか？」

「え？　え？」

何を話しているのか、エルセリアには理解できなかった。

「ふむ……頭の回転は弱そうです。これは要、検討ですね。フィル君が私に確認を頼んでくるわけです。公爵令嬢としては致命的でしょう」

「やはりですか……申し訳ありません、わざわざこんなことをさせてしまって……」

セルジュが頭を下げる。

神殿長は、フィルズから頼まれていた。今のエルセリアを客観的に見て、公爵令嬢として外に出しても良いものかどうか。その審査を、他の国の公爵令嬢の実態も知っているらしい神殿長に頼んだというわけだ。

「いえいえ。私は知っていますからね。身を破滅させた公爵令嬢を何人か。そうなる前に気付かせ、導くことができるなら、こちらとしても意味があります」

教会には、問題を起こして家に居られなくなった貴族の令息や令嬢が預けられることも多々ある。毎回、そうなる前に相談して欲しかったと思うのが神官達だった。

神殿長は、エルセリアへ優しい笑みを向ける。

「あなたは、気付けると良いですね。今日のことは特に、自身の行いを今一度振り返ることをおすすめしますよ」

「……？　……はい……？」

意味が分からないながらも、エルセリアは返事をする。

「ふふっ……まあ、否応《いやおう》なく自覚させられるんでしょうけどね……」

その神殿長の言葉は、一番近くに居たファスター王にしか聞こえなかった。帰るべくリゼンフィア達が馬車に乗り込むと、エルセリアは、目の前に座ったセルジュに問いかけた。

「……あの、お兄さま……さっきの……どういう意味ですか？」

「……少しは考えたか？」

「え……？」

エルセリアはどういうことかと何度か瞬きを繰り返す。

その様子を見て、セルジュは大きくため息を吐いた。そして、腕を組み、足を組む。これは間違いなくフィルズからの影響だ。だが、セルジュ自身は気付かない。

「はあ～……友人が言っていたよ……最近の貴族令嬢は、とりあえず『なにそれぇ、わかんなぁい』と男に言っておけば、可愛がられると思っているって」

「「っ……！」」

内容よりも、セルジュの女性の声音を真似《まね》る裏声が上手過ぎることに父母と妹は目を丸くした。

思考停止気味になる三人など気にせず、セルジュは続ける。

「確かに、男は頼られたいと思うところはある。だがっ、ずっとそれで良いかと言われるとそうじゃないっ！　それって、一人で考えろって強制しているのと一緒だろっ。『あなたが考えて、出した答えだもの。間違っていたとしても、私は知～らないっ』ってことだろ⁉」

「「「っ‼」」」

腕を解き、拳を握って熱弁するセルジュ。やはり女声が上手過ぎる。あまりにも予想外なその様子に、『セルジュが壊れた』と三人は思った。そして、ようやくここで、三人共に家族崩壊の危機を感じた。遅過ぎる気付きだ。

「何も考えようとしない女を隣に置いておいてどうするんだ⁉　『貴族って、取り巻き達に定期的にヨイショされないと生きていけない生き物なんだろうな……』ってカリュは言ってたけどっ。それのどこに意味がある⁉」

「「「っ……」」」

セルジュの脳裏《のうり》には、悪しき王侯貴族の振る舞いから脱しようとしている双子、第二王子カリュエルと第一王女リサーナの姿が浮かんでいた。

馬車の中にクルフィが居たなら、この暴走を止めてくれたかもしれない。そう思い、リゼンフィアは御者台の方にある小さな窓を振り返る。そこにクルフィが居る。

だが、少しだけ見えたウサ耳は、視線に気付いたのか方向を変えた。無駄にクオリティの高いフィルズ作の魔導人形は、耳までしっかりと動く。だから、それまで聴き耳を立てていたのは、その方向で分かっている。それなのに逸らされた。これはそっちでどうにかしろという意思表示に他ならないだろう。

「……っ」

魔導人形の生みの親はフィルズ。リゼンフィアには彼らも少々厳しい。

「『賢しい女は嫌われるなんて、頭の悪い女が言い出したに決まってるわ』ってリサの言葉が真実なんじゃないか⁉　頼られるのと完全に寄りかかられるのとでは大違いなんだよっ！」

「「っ……」」

溜まっていたものは、全部吐き出せたようだ。肩で息をするセルジュ。俯いてしまった彼に、リゼンフィアが労《いたわ》るように隣から声を掛ける。

「せ、セルジュ……大丈夫か？」

「問題ありません。この後の予定を確認します」

「「え？」」

荒ぶっていたセルジュは顔を上げ、唐突に正気に戻った。その切り替えの早さに戸惑うリゼンフィア達など気にしない。

「屋敷に到着しましたら、着替えていただき、茶会となります。そうですね、父上」

「は、はいっ、いや、そっ、そうだなっ。今回は、前王妃様主催の茶会だ。場所は屋敷の庭を提供している」

思わずセルジュに『はい』と答えてしまうほど、リゼンフィアは動揺しているらしい。だが、エルセリアは今までのことは忘れたと言うように声を上げた。

「え？　それをうちでやるの？　わたくしも？　ねえ、お母さまっ？　わたくしも⁉」

もうお茶会のことしか頭にないのか、エルセリアが大興奮だ。

「お茶会なんてひさしぶりだわっ。お母さまのごゆうじんのお家でやったときいらいだもの！」

「……へえ……なら、きちんとできるな？　私や父上に恥をかかせるなよ？」

「もちろんよ！　お兄さまこそ、きちんとできるのかしら？　はじめてでしょう？　だって、男の人はお茶会しないものっ」

お茶会は女だけのものなのだからと、エルセリアは胸を張る。これにセルジュは黒い笑みを見せた。

「時代はもう変わっている。今は夫婦で、家族で茶会に出るんだよ」

「何よそれ……」

「何と言われても、この国の今の方針だ。そうですよね父上。父上の発案と聞いていますよ」

「あ、ああ……」

「え!?　お父さまの!?」

そこで、馬車が屋敷に着いたようだ。セルジュが立ち上がる。そして、エルセリアを見下ろして最後に告げた。

「精々《せいぜい》、お前の久し振りの茶会というのを見学させてもらおうか」

「……お兄さま……？」

その目にある感情が、エルセリアには理解できなかった。そんな目で真っ直ぐに見られたことなどなかったのだ。そこにあったのは『これ以上、失望させないでくれよ』という懇願《こんがん》にも似た感情だった。

◆　◆　◆

お茶会が始まった。フィルズは髪色や目の色を変え、侍女に化けて会場に紛れていた。

今回のお茶会は、エルセリアへ灸《きゅう》を据《す》えるものとして企画されたが、同時に前王妃カティルラによる王族教育の一環でもある。公爵領で暮らす王子と王女にお茶会というものを体験させたい、という彼女の願いを受けて準備されたのであった。

招待されたのは、双子である第一王女リサーナと第二王子カリュエル、それと、第三王子であるリュブランだ。

更には、王妹のレヴィリアとリュブランの母である第三王妃もこの場にお忍びで紛れている。二人とも、今日は変装の名人であるリーリルとクラルスの手によって別人のように変身しているため、彼女達の顔を知っている者達にも気付かれていない。

かつて他の王妃への嫉妬に溺《おぼ》れ、毒婦《どくふ》として知られた第三王妃は、大聖女や神殿長達による指導と教会での療養《りょうよう》のお陰で、すっかり落ち着いた様子になっており、リュブランも驚愕《きょうがく》するほどだった。

「は、母上……？　ですか？」

「そんなに違うかしら……うん。さすがクーちゃんねっ」

「……はい……」

ドレスは赤を好み、吊り目できつめの化粧をしているのが常だった彼女だが、今日は薄い緑の清《せい》楚《そ》なドレスに、ナチュラルメイクだ。最近はそれほど化粧をせず、服装も簡素な物で薄い色の物を好んで着ている。リュブランとしては、未だに違和感しかないらしい。

そして、いつの間にか彼女はクラルスに懐柔《かいじゅう》されており、普段は孤児院で子ども達の世話をしているが、時間があれば、クーちゃん、クーちゃんと言って、クラルスがステージに立って商品を宣伝する様子をキラキラした目で見ているようになっていた。

そこに、フィルズ扮する侍女バージョンのフィーナが給仕のためにやって来て、リュブランへ声を掛ける。

「相変わらず、母さん大好きだな」

「うん……クーちゃんママはほんと……人気あるよね」

「男にも女にも憎まれねえんだよな～」

小さな声で話すため、フィルズの口調は普段通りだ。侍女としての役割を演じきっている。リュブランの視界からきちんと外れるようにしているのは、フィルズの拘りだ。

そして、同じテーブルについている王妹レヴィリアが、フィルズを見ていることに気付く。

彼女の装いは、少し派手めだ。赤いドレスでキツめの化粧。それでも、レヴィリアだと一目では分からない。年齢を少しばかり若く見せており、これぞ悪役令嬢という装いになっている。

今日の彼女は、王妹の友人の他国から来た公爵家令嬢という設定だ。そんなレヴィリアにフィルズは、ニコリと微笑んで声を掛けた。きちんとここでは声音を変える。

「何かご入用のものはございますか？」

「っ、い、いえ……そのっ……きょ、今日もっ、か、可愛いわねっ」

「ありがとうございます♪」

「っ、んっ、お、お茶を淹れてくださる？」

「もちろんです。すぐに」

レースのハンカチで口元を隠すレヴィリア。フィルズに話しかける時は目元も赤くなり、少し恥ずかしそうに目を逸らす。五ヶ月前、フィルズと言い争っていた面影《おもかげ》はとっくになく、もはや別人のようだった。

そんな様子を見て、カティルラが笑った。

「あなた、クーちゃんにも同じように照れるわよね。でも、可愛いと思うのは分かるわ」

「っ、そうですっ、フィル君もっ、クーちゃんもっ、リーリル様も可愛いですっ。尊いですっ」

こんなことを口走るレヴィリア。だが、声は落としているため、興奮気味のこの声は、このテーブルにつく者達にしか聞こえない。

同じようにレースのハンカチを口元に当てて、力強く同意するのは第三王妃だ。にやけてしまうのを必死で隠しているのだ。

「分かりますっ。お茶目なところもあって、笑顔も素敵でっ。女でも男でも構わないっ。この姿が見られるなら、なんだってしますわっ」

以前、こんな二人の様子を見て、フーマとゼセラは言った、『なるほどこれが、ガチのファンだな』と。アイドルファンの賢者がいたらしく、密かにそうした存在を作ろうとしていたという。

とはいえ、異世界の人には先進的で奇抜なアイドルという文化は受け入れられず、涙を流しながら密かにアイドルの衣装なんかを作り続けていたのだとか。

表向きその賢者は、ドレスのデザインなどが斬新で、人気のデザイナーだったようだ。そんな彼の日記などをフーマとゼセラは持っていたのだ。

「確かに、会長は素敵です」

「ええ。本当に。やはり、女性らしい仕草というのが上手いのでしょうね」

そう答えるのは、カリュエルに化けたリサーナと、リサーナに化けたカリュエルだ。この双子、今日は男女逆の装いをしている。どちらもとっても自然だ。

「リサーナ、カリュエル……あなた達もすごいわね……」

「お褒めの言葉と受け取らせていただきます、お祖母様」

「褒めていただき、嬉しいですわ。お祖母様」

「え、ええ……本当に、声も上手だわ……」

「ありがとうございます。お祖母様」

カティルラは、もうどっちがどっちか分からなくなりそうだと戦慄《せんりつ》を覚えていた。それを教えたのがフィルズということは知っており、カティルラはお茶を淹れてくれる侍女姿のフィルズに、扇《せん》子《す》を広げて囁《ささや》くように声を掛ける。

「本当にびっくりなのだけど……フィル君も、何度見ても可愛い女の子だわ……その変装技術は脅威ね……」

「お祖父様の教育の賜物ですわ♪」

「さすがね……」

本気で感心しているカティルラの前では、リサーナとカリュエルが、それぞれの仕草をしっかりと入れ替えている。これが、王宮でどれだけ有用な技術になるかと考え、カティルラは羨ましくも思っていた。

「わたくしも男装……してみようかしら」

「ふふっ。きっと、お似合いになりますわ」

「今度教えてちょうだい」

「はい。お任せくださいませっ♪」

そんな和やかな雰囲気を堪能していれば、何やら騒がしい声が聞こえて来た。

「わたくしは、公爵令嬢ですのよ!?　席をゆずるのは、とうぜんではなくて!?」

「始まりましたか」

そちらに目を向けて呟いたのは、男装したリサーナだった。今回のお茶会、エルセリアにとっては、マナーや礼儀作法を確認する試験の場だ。本人には伝えていないが、どこまでやれるかを確認し、自覚させるのが目的。早々にやらかしたらしい。

ここで、カティルラがフィルズに目配せをする。そして、頷いたフィルズを確認して、レヴィリアへと目を向けた。

「レヴィ。しっかりとおやりなさい」

「はい。お母様」

真面目な顔でレヴィリアは立ち上がる。セイスフィア商会で手に入れた、美しい赤の扇子を取り出し、緊張した面持ちでそれを両手で握るレヴィリアに、再びカティルラが声を掛ける。

「昔のあなたを出せば良いだけですよ」

「っ、お、お母様っ……ううっ……恥ずかしい……っ」

彼女にとって、かつての強気なレヴィリアは、黒歴史となっていた。母の言葉が地味に彼女の心を抉《えぐ》っていく。

「本当に、気付けて良かったわねえ」

「っ……はい……っ、逝《い》って参りますっ」

「逝ってらっしゃい」

冷静に、至って真面目にレヴィリアもカティルラも違う意味の言葉を込める。よっぽど恥ずかしいらしい。フィルズは面白そうにその様子を見つめる。

レヴィリアは、カティルラ達の居るテーブルから立ち上がり、数歩行ったところで、項垂《うなだ》れかけていた背筋を伸ばした。きちんと一本何か棒が背中に入ったように見えるほどだ。

「さすが」

そう呟けば、隣に居たカティルラも扇のこちら側で自慢げに微笑む。

「腐《くさ》っても王族ですからね」

「ふっ、腐ってもってっ」

「あら。本当のことでしょう？　本当、ファリマスには感謝しているわ。もっと早く頼めば良かった。けど、迷惑だったでしょうね」

三ヶ月と少しで、レヴィリアはファリマスと共に、この国の四分の一ほどを見て回った。王族の特権で人々を振り回しすぎたことへの反省を促すための、世間を知るための旅だ。

旅はほぼ歩き。そして、野営もあり。二人とも戦うことができるので、冒険者として登録もしたらしいが、日銭《ひぜに》を稼ぐ依頼は、魔獣などの討伐系ではなく、町や村の中での住民達からの依頼ばかりだったようだ。

「いや。ばあちゃんは、楽しかったってさ。な～んにも知らない奴に教えるってのが、新鮮だったって。それに、それなりに戦えるから、そっちに時間も取られない。だから面白かったんだってさ」

「そう……っ、本当に何も知らなかったのね。あの子っ……」

少しばかり苛立ちながらも、呆れ半分でため息を吐いて見せるカティルラ。自分の娘が、それも王女が、何も知らないとは情けない。そう、その横顔は言っていた。

とはいえ、レヴィリアの背中を追う目に苛立ちはない。優しい、娘を少し誇らしく思うような、そんな母親の目をしていた。だから、フィルズは問いかける。

「良かったのか？　このまま、俺がこき使うことになってるけど」

そこで、カティルラはフィルズの顔を不思議そうに見上げる。

「寧ろ迷惑じゃないかしら？　押し付けてしまって」

「いや。人手は欲しかったし、やらせたら何でもそつなくこなすし。それに……俺が預かってるあの国の奴らも、もうレヴィのことを許してる……」

「っ……そう……」

それは、レヴィリアに引っ掻き回された隣国の民達。盗賊となって、レヴィリアを憎まされていた者達の身柄は今、教会からの要請という名目でセイスフィア商会が預かっている。

そして、元男爵領でフィルズの指揮の下、農地改革を行っていた。

「あいつらも、盗賊行為をしていたっていう罪を背負ってる。お互いそれなら、おあいこみたいなもんだ。それに、一緒になってほぼ毎日泥《どろ》だらけになってるんだ。『王族』って囲いも『平民』って囲いもない」

レヴィリアを王族というフィルターで見ることなく、彼らを平民という括りでまとめることもなく、今は個人同士で付き合うことができていた。

「一人の人としてお互いを見ることができるのは良いことだ。憎しみの中には、理解できない苛立ちがあるものだからな。けど、話してみて、その行動を傍で見てみて、理解もそれなりに進んだ」

「……」

カティルラは、フィルズの目を見る。けれど、フィルズの目は、エルセリアに接触しようとゆっくりと、少し嫌そうに歩を進めるレヴィリアの背中を映している。

「あいつらにとっても、レヴィにとっても、お互いは今、一つの目標に挑む仲間だ。いつか、あの国を救ってやるっていうやる気に満ちてる様は、まあ……羨ましくもあるよ」

フィルズは、少し寂しげに目を細めた。それを見ていたリサーナが口を開く。口調は本来の王女のものだった。

「土の研究はな」

「フィルさんは土壌《どじょう》の研究、一人でやるつもりでしたの？」

「研究好きだものね……」

「コツコツやるの、趣味だからな。一日が全然足りねえの」

「うん……それは今なら分かるわ……」

「おっ。仲間だなっ」

「フィルさんは別格だと思いますけど……」

趣味に全力で傾倒《けいとう》するフィルズほどではないと、リサーナが言えば、カリュエルも神妙に頷いていた。だが、フィルズは気にしない。

「ははっ。まあでも、あいつらに任せて良かったんだと思う。最初は罪の意識でウジウジして、辛気臭かったけど」

「それはありますね。私でも羨ましかったです。農作業しながら、これが生き甲斐だと笑っていたのを見た時、彼らが罪人だとは思えませんでしたから。もちろん、悪い意味ではなく……」

彼らがやっているのは、ほぼ奉仕活動のようなものだ。衣食住は保証されているが、行動の自由はない。決められた区画内でしか生活が許されず、娯楽もない。

だが、彼らにとっては、それは普通に生活するのと変わらなかった。寧ろ、食べ物に困らないのだから、前よりも良いというくらい。村の中という制限された範囲で、先祖代々決められてきた農地を耕す。盗賊になる前の彼らの中では、それは当たり前の人生だった。

唯一、今の生活で気にするべきものは、『彼らは犯罪者である』という外からの目。彼らの腕には、神の意志に背《そむ》いた証として、赤い棘《とげ》の刺青《いれずみ》が巻き付くように彫《ほ》られていた。

この世界では、一度でも犯した罪の清算は高くつく。牢屋にだって数があるし、取り締まる側の兵士達もそれほど人数を割けない。だから、死罪となる者がかなり多かった。

釈放《しゃくほう》された犯罪者を監視したり気にかけたりする余裕もないのだ。ならば、手っ取り早く処理してしまいたいと考えるのは当然だろう。

教会はそれを非難したくとも、こちらも人数が限られている。一人一人更生させるための時間も取れない。

日々の相談に来る民も多く、専門とする者を集めたところで、貧困に喘《あえ》ぎ、仕方なく犯罪者となってしまう者達は後を絶たない。世界がそうなっているのだ。教会がいくら頑張ったところで、いずれ破綻《はたん》するだろう。

だから、神からの警告として、教会により更生の余地ありとされた者達は、自分達で罪の意識を忘れずに居られるよう、印が付けられる。そして教会の保護下に置かれるのだ。

しかし、その印に向けられる視線に耐えられず、更生できずに命を断つ者も多い。それは、教会でもずっと問題になっていたことだった。

それを踏まえ、今回は新しい試みを行った。教会の内側に置くのではなく、外に出して働かせるという。それは、結果的に彼らにとってはとても良い影響を与えたようだ。

「なんて言うんでしょう……私もですが……一つのことを、心からやりたいと思う心に気付けた……やれることを知った……その喜びを享受《きょうじゅ》できる人は、とても少ないのでしょうね……」

カリュエルやリサーナは『王族としてこうあらねばならない』と強制されて生きて来た。それが当たり前で、周りも当たり前だと思っている。やりたいことよりも、やらなくてはならないことが目に入ってしまう。

その生き方は、今の彼らには眉をキツく寄せてしまうほど嫌なものになっていた。二人の目には、生き生きと、これが自分達のやりたいことだったんだと気付いて働く犯罪者達の姿が眩《まぶ》しく見えたようだ。カリュエルもこれに同意する。

「ああ。だから、彼らはきっと、罪を償い更生することができると思う。それがとても……私達には羨ましく思える」

「カリュエル……リサーナ……」

カティルラが辛そうに二人を見た。だが、フィルズは意地悪く笑う。

「カリュもリサも、やりたいことを見つけたから羨ましいんだろ？」

「っ……うん……」

「王宮に戻ったら、もうできないと思ってんのか？」

「当然でしょう？」

「当然だろう？」

「なんで？」

「「……なんで……」」

そう返されるとは思わなかった二人が顔を顰める。

「いや、だって。やればいいじゃん」

「無理よ。私達には王族としての責任があるわ。自由に生きることは許されていないのっ」

「きちんと、有用だという正当な理由もない趣味なんて、許されるはずがないっ」

このセイスフィア商会で、二人は趣味を見つけた。カリュエルは文字装飾《そうしょく》、リサーナは手紙の枠《わく》の装飾。他にも、料理や裁縫など、やりたいと思うことは日々増えていた。二人が声を荒立てそうになっているのは、本当はやめたくない、王宮に戻ってもやりたいと願っているから。

それを知って、フィルズは鼻で笑う。

「やればいいんだよ。それに、正当な理由？　そんなの、後付けしてやればいいじゃん。周りが納得できればいいんだからさあ。結果を出すまでに時間のかかることなんて山ほどあるんだ。時を待てない奴が政《まつりごと》に関わるべきじゃない。だから、やりながら考えればいい。じっくり時間をかけてな」

「「……っ……なるほど……」」

「ふふっ。確かにそうねっ」

カリュエルとリサーナだけでなく、脇で聞いていたリュブランも目から鱗《うろこ》というように、納得した。そして、カティルラはおかしそうに笑って頷く。

「最終的に、理由が思いつかなければ『高い集中力がつきましたよ』とか言って笑っとけ。一つのことに集中してんだから、間違いじゃねえだろ？」

「「「確かに……」」」

「うふふふっ。もうっ、フィル君ったら天才ね！」

「モノは言いようって言うじゃん？」

「そうよねっ」

カティルラは面白くて仕方ないと笑った。

「それに、ほれ。今や黒歴史っつって、過去の自分を恥ずかしがってるレヴィだって、その過去がなければ、あんな上手に悪役令嬢っぽく振る舞えねえだろ。要は、何であっても経験しといて損になることはねえってことだよ」

「「「……うん……」」」

「あははっ。もうっ、おかしいっ」

カティルラは、いかにも気位《きぐらい》が高いですという物言いでエルセリアを追い詰めていくレヴィリアの背中を見て大爆笑していた。きっと、終わった時に彼女の背から感じられる哀愁《あいしゅう》は、深いものになるだろう。今日の出来事も黒歴史になりそうだ。

レヴィリアの声はよく響く。エルセリアの声もそうだったが、『注目して欲しい。私は正当な理由で抗議しているんだ』という想いが強く出る声は、場の雰囲気を壊すことで更に注目を集めるものとなる。フィルズは楽しそうにその様子を眺めた。

一体、何をしているのかというレヴィリアの問いかけに対し、エルセリアは、自分はこの家の娘であり、だからこそ、好きな場所に行って、好きなように振る舞えると説明していた。

だいたい、自分は公爵令嬢なのだから、他の者達が自分に礼を尽くすのは当たり前で、文句を言うことは許されないと偉そうに宣《のたま》っていたのだ。

「それなら、このお茶会に招かれた他国の公爵令嬢であるわたくしの前で、そのお茶会の雰囲気を壊すあなたは、礼を尽くしていると言えるのかしら？」

「っ……けど、わたくしはこの家の……」

「この場所をお借りしただけで、主催者はあなたのお母様でも、公爵である当主でもありませんわ。ならば、あなたはここに招かれている者達と立場は同じということではなくて？」

「え……だって、家でやってるのに？　今まで行ったお茶会だって、家の人が……」

エルセリアは幼い頃、母であるミリアリアに連れて行かれ、ミリアリアの友人達のお茶会に参加していた。リゼンフィアが許さなかったため、ミリアリアがこの公爵邸でお茶会をしたのは結婚して間もなくの数回だけ。エルセリアの生まれる前だ。

だから、エルセリアは初めて家で体験するお茶会が嬉しかったのだろう。幼い頃のお茶会では、その家の子ども達に自慢げにされるなどしたのではないだろうか。それが今回、好きに振る舞っても良いという認識に繋がったのかもしれない。

「はあ……それ以前に、主催が誰なのかも分かっていないのかしら？　どういう教育をされているの？　招いた教師のレベルが低いのかしら。それは、家の格も下げますわね」

「っ、わっ、わたくしは公爵令嬢なのよ⁉　バカにしてますのっ？」

「してますわ」

「っ、な、なんて無礼なの⁉」

これを見て、フィルズは本気でやべえと声を出した。

「マジでやべえな……レヴィの奴をちょい若く見せてはいるが……明らかに年上だと分かってるだろうに、あの刃向かいよう……どういう教育したんだ？」

「……あのね……フィル君……」

「ん？」

カティルラが片頬を引き攣《つ》らせながら見上げて来る。その目は少し泳いでいた。

「い、言いにくいのだけれど、その……上位貴族の令嬢の半分くらいがエルセリアさんと同じような認識をしているの……」

「……は？」

フィルズはどういう意味かと問うように目を少しだけ細めた。

すると、カティルラは黙って目を逸らす。因みに、第三王妃は俯いたまま、紅茶をちびちび飲んでいる。フィルズとは絶対に目を合わせないと決めたらしい。

「……っ」

「おーい」

「っ……うっ……」

カティルラは、物凄く言いにくそうだ。そんなカティルラに顔を寄せて、話の続きを催促《さいそく》するフィルズ。これに耐えかねて、カティルラは扇でほぼ顔を全て隠しながら告げる。

「その……ね？　年齢よりも、地位重視っていうのかしら……男性の方もそういうところがあってね？」

「……礼儀作法はどうしたよ……」

目を鋭くするフィルズに、カティルラは開き直る。自分は悪くないと。

「本当にねっ。あれよ！　それもこれも、実際に年配の者達に尊敬できるところがなっ、す、少ないのがいけないのよねっ」

「……」

明らかに『ない』と言おうとした。

「傍でそんな姿を見せられないのがいけないのかし……ら？」

「……はあ～……」

どれだけ作法を教えられても、なぜ、どうしてという納得できない部分があれば、受け入れ難いのは当たり前だろう。

当主の座を明け渡すような年の者達は、体に異常が出始めている。だから、新たに当主となった子ども達が間違いを犯《おか》していても知ることができない。せっかく経験を重ね、物事が分かるようになっていても、それを子の代へ教えられないのだ。

「まあ、いくら教師が理想とするものを教えたところで、実践での経験の方が優先されるわな……」

「そうなのよ！　理念とか、貴族とはこうあるべきってことも、きちんと教わるはずなんだけど、実際に社会に出てみると、こういうもの……ってのがね!?」

カティルラは必死で弁明する。これは仕方ないでしょうと言うように。

「男爵とか、伯爵家の一部はまだ、貴族に憧れ？　みたいなものもあるから、そういうことを大事にするんだけどっ。上の方がねっ？」

「……」

フィルズの目に失望の色が増えていくのを見て、カティルラは焦る。彼はチラリと第三王妃にも目を向けるが、絶対に目を合わせないと決めたらしい彼女の目は忙しなく泳いでいる。

「それでもっ、親の庇護《ひご》がなくなって当主を継いだ子は、王がたまにキツくお灸を据えるしっ、女性の方は、王妃や王女がお茶会の時に、ちょっと強めに注意したりするのよっ？」

「……成果は？」

「…………」

「成果は？」

「……か、芳《かんば》しくないわね……っ」

「ああああっ、もうっ!!」

フィルズは思わず頭を抱えて蹲《うずくま》る。

「アホどもがっ！　ようやく夫婦の問題をどうにかできるかと思えばっ、頭の悪い女を量産してるわ、矜持《きょうじ》だけ高いバカどもの巣窟《そうくつ》だ!?」

「……ごめんなさい……」

「「ごめんなさい……」」

「フィっ、フィル君……？」

思わずカティルラだけでなくカリュエルとリサーナも謝った。そして、リュブランは落ち着いてと心配そうにフィルズを見つめる。

「はあぁぁぁ～……ホワイト。ファシーに伝言。夕食後、執務室に来いっつとけ」

「「「……」」」

侍女姿だというのに、今のフィルズはガラの悪いヤンキー座りで、目が据わっていた。王様を呼び出すのは決定した。その決定にカティルラもリュブラン達も何も言わない。寧ろファスター王に丸投げしようと決めたようだ。

不機嫌そうなフィルズを見て、リュブランが声を掛ける。

「ねえ、フィル君……フィル君はなんで、そこまで貴族のこと、気にするの？」

「ん？」

フィルズが顔を上げる。

「なんでって、そりゃあ、上の奴らが揺らがねえ方が、国は安定する。商売がやりやすいだろ」

「……それだけ？」

「あ〜……まあ、兄さんが将来生きていく場所だし。あと、モノを知らん奴らとの話は、時間の無駄になる」

「例えば？」

「そうだな……リュブラン、アレと話通じると思うか？」

「アレ……」

フィルズが立ち上がって視線で示した先に居るのは、エルセリアとレヴィリアだ。それを確認したリュブランは、ゆっくり顔をフィルズの方に向けて真面目な顔で告げた。

「無理。理解した」

「よろしい。そういうことだ。考え方とかが全く違う奴らと話すとな。もう、言語が違うんじゃないかって思うんだよ。切実に通訳が欲しくなるの」

自分の主張こそが正しいと思っている者や、自分は可哀想《かわいそう》な人なのだから、手を貸してくれるよねと強要して来る者には、言葉を尽くしたところで通じない。

「あと、下手に正義感強い奴な？　泣き落としにかけながら、平気で『あなたが犠牲《ぎせい》を払ってでも可哀想なあの人達を助けるべきでしょう？』とか言って来るから気を付けろよ。こっちが説明するために口を開こうとすることさえ遮って来るから」

「……うん。分かった。クレーマーと一緒だね」

リュブランは、それなりに店の仕事もして来たことで、わけの分からないクレームを付けて来る人がいることも知っている。

「そうそう。で、今のこの国の貴族ってのは、立場が上だって自負が強いから、一方的に下に文句を言えるし、めちゃくちゃな要望も言える。そんなのが上に居るって、困るだろ？」

「困る！　最悪だねっ」

「だろ？　今は、ファシーが居るからまだいいが、次代になったら不安じゃね？」

「っ、どうするの⁉」

「うん。だから、どうにかするために、ファシーに呼び出しかけたんだよ」

「頑張って！」

「おう。けど、頑張んのはファシーと親父だから」

「そっか。大変だね」

「だな～」

「「「……」」」

他人事として処理された。

ミッション⑥　見直させましょう

レヴィリアは誰が見ても呆れた様子で、顎《あご》を少し上げて斜めにエルセリアを見下ろすようにして口を開いた。

「母親はどちら？」

「お母さまなら、あそこの席にいるわっ」

ふんっと鼻を鳴らしながら、腕を組んで告げるエルセリア。とっても偉そうだ。負ける気はないということだろうか。

「まあっ。仕方ないわね。あなた一人にしておくのは貴族の品位を下げることになるわ。こちらにお座りなさい」

そう言いながらレヴィリアがそのテーブルの席に座った。そして、言い合いが始まったことで、一歩下がって席に座らずにいた令嬢二人に声を掛ける。

「あなたとあなたは、あちらへ座るといいわ。お友達なのでしょう？」

「っ、は、はい。失礼いたします」

「失礼いたします」

「ええ。とても素晴らしいカーテシーね。あちらでゆっくりなさると良いわ」

「ありがとうございますっ」

「お褒めいただき光栄でございます」

「まあっ。可愛らしいことっ。どこかの誰かさんとは大違いね」

レヴィリアはエルセリアへと目を向けているが、どうやら本人には自覚がないらしい。不機嫌そうな顔のまま何の反応もなかった。不思議に思うこともないようで、自分のことを言われたとは本気で気付いていないらしい。

それを見てフィルズは思わず噴き出す。

「ぷっ。マジかっ。嫌味に気付かないとは、幸せな奴だな」

隣で聞いていたカティルラもつられて笑った。

「ちょっ、フィル君っ。聞かなかった振りしたのにっ。ふふっ。笑っちゃうじゃないっ。ふふふっ。でもそうね。気付かないのは幸せなことね。見ている周りは複雑だけどっ」

「それあるよな～」

ひたすら迷惑をかけているのに、自分では全く気付いていないという人も居るのだ。エルセリアはこのままいけば、そういう人になりそうだった。そこで、フィルズは気合いを入れる。

「さてと。俺も行くかな」

「どこへ？」

「レヴィのとこ♪」

「「「「……？」」」」

そうして、フィルズは一度、カーテンのようになっている所へと向かい、その後ろを通ると、令嬢仕様へと一瞬で着替える。

どこに行くのかと目で追っていたカティルラ達は、目を丸くする。変化した長い銀髪は、サラサラと風に揺れ、長いまつ毛が影を落とす青い色の瞳はサファイアのようだ。

「っ、信じられないっ……なんて綺麗なのっ」

「はあ。さすがは、リーリルの孫だわ……」

「「……可愛い……」」

第三王妃は息を呑み、カティルラは興奮気味に称賛する。リュブランやリサーナ、カリュエルもフィルズの姿に見惚《みと》れていた。それは周りも同じだった。そんなフィルズの下へ、セルジュがやって来る。

「フィーリア嬢。こちらへどうぞ。レヴィ様も私の妹の所に居られますので、あなたにも妹を紹介します」

これはセルジュと打ち合わせした設定だ。フィルズはフィーリアと名乗り、レヴィリアの妹として遅れてやって来たということになっていた。

「ありがとうございますセルジュ様。先に来られたお姉様はご迷惑をおかけしていないかしら」

微笑むフィルズに、会場中の視線が集まる。リーリルを若くしたらこうだろうというのを演じているのだ。これくらい視線が向かなければ嘘だろう。

その視線を送る中には、エルセリアも居る。見惚れて静まり返った会場に、穏やかにセルジュとフィルズの声が響いた。

「レヴィ様は、世間知らずな妹を見兼ねて指導してくださっていますよ。どうか遠慮なくフィーリア嬢も礼儀を知らない妹を叱ってやってください」

「まあっ。セルジュ様？　セルジュ様の妹さんですもの。きっと素晴らしい方なのでしょう？」

ここで、エルセリアは得意げに鼻を鳴らして胸を張る。当然でしょうと言うように。だが、そちらに目を向けることなく、フィルズは続けた。

「セルジュ様は、読書もお好きで知識を取り入れるのに勤勉《きんべん》ですし、来年には学園に入られるとか。既に卒業までに必要となる算術の能力や他国語もお勉強をされておられると聞きましてよ？　きっと、妹さんも勤勉な方なのではありません？」

「……」

エルセリアは、ここでようやくマズいという顔をした。自分よりも年下の者達が計算も音読も自分よりもできていたというのは、孤児院で知ることができた。その記憶はまだ新しく、エルセリアはその事実を知られるのが恥ずかしいと思っているようだった。

「いや。礼儀作法も授業をほとんど受けていないような子だよ。結婚して、夫に全て任せる気らしい。本だって、平均的なあの年齢の子が読むものを読めるかどうかも怪しい」

「そんなっ。公爵令嬢ですわよ？　知識もないまま社交界に出て、言って良いことと悪いことの判断は……できますの？」

「どうだろう。無理な気がするね」

「それは……」

フィルズが絶句する様子を見て、エルセリアは本当に良くないことなのではないかと、少しだけ自覚する。

「まあ、会ってみてくれる？　それで、確認してやって欲しい。完璧な公爵令嬢と言われる君に、妹が今のままではいけないことを教えてやって欲しいんだ」

「分かりましたわ」

そうして、レヴィリアとエルセリア、それと数人の令嬢達の居るテーブルへとやって来た。

「フィーリア嬢、妹のエルセリアだ」

「はじめまして。フィーリア・スノウルと申します。お兄様のセルジュ様とはお手紙をやり取りしておりますの。こちらに居るレヴィーアの妹ですわ」

レヴィリアの偽名《ぎめい》はレヴィーア。そして、スノウルというのは、架空《かくう》の名だ。どのみち、エルセリアは貴族家を全て把握していないし、隣国から来たという設定なので問題ない。

「この国にはお忍びで参りましたの。国ではエルセリア様と同じ、父は公爵の地位にあります」

「っ……は……い……」

「わたくし、国ではあまりお友達がおりませんの。いつも『公爵令嬢』として距離を取られてしまって……」

「っ……」

寂しそうにする表情も完璧だ。

「だから、是非同じ公爵令嬢として、お話をお聞きしたいわ」

「あ……はい……」

押され気味なエルセリアは、何を聞かれるのかと気が気ではないらしい。目が動揺で泳いでいた。同じ公爵令嬢。しかもそれほど年齢が変わらない。それは、エルセリアにとって初めての付き合いだ。相手はセルジュと二人で、テーブルにつく。これから本格的な面接の始まりだ。

フィルズには、最初に言いたいことがあった。

「その……エルセリア様？　そのドレスのお色はどなたが選ばれましたの？」

「わたくしです。カワイイわたくしにぴったりでしょう」

エルセリアは、かつてお茶会用に用意してもらったピンク色のふわふわドレスを着ていたのだ。ミリアリアもエルセリアを目立たせようと思って作らせたのだろう。お茶会用と言ってはいても、ふわふわと無駄にボリュームのあるドレスでは、テーブル間の移動はしにくそうだった。

エルセリアがこの席に拘り、他の令嬢達に席を譲れと言ったのも、ここがほぼ中央でテーブルとテーブルの間が広くなっていたからかもしれない。

何より、会場の中心ならば皆の注目を集めやすいとも思ったのだろう。彼女の母親であるかつてのミリアリアならば、きっとそう考えたはずだ。

それはともかくとして、問題はドレスだ。これは、孤児院に行く前に、メイド長達が必死に着るのを止めたドレスだった。彼女は、お茶会と聞いて、コレしかないと思ったのだろう。会場入り前に見たメイド長の目が死んだように色を失くしていたのは、エルセリアを止められなかったためだったのだと、フィルズは理解した。

「どなたかに言われたことはありませんか？　そのお色はおやめになった方がよろしいと……」

フィーリアとして可憐《かれん》な少女に見えるフィルズが、少し弱ったように、迷うように告げれば、耳を傾けていた多くの者の視線がエルセリアへと向かった。

それにより、エルセリアは自分が注目されているように錯覚《さっかく》したらしい。得意げな様子で答える。

「コジにいわれましたわ。まったく、わたくしに、この色がにあわないなんてっ。しつれいな子どもでしたわっ」

「……」

フィルズだけでなく、聞いていた誰もが絶句する。この場で、エルセリアにピンクのドレスが似合うと思っている者はいなかった。

「きっと、わたくしの気をひきたかったのですわっ」

「ねえよ……」

「セルジュ様」

「っ、失礼……」

フィルズも喉元まで出かかっていた言葉だったが、セルジュの方が早かった。低音過ぎて恐らくフィルズにしか聞こえていない。少し自分の方に寄せ気味に隣に座るセルジュの太ももを、フィルズは素早くパチンと叩いて、言うなと釘《くぎ》を差す。それから気を取り直し、口を開こうとしたところで、レヴィリアが参戦した。

「あなた、知りませんの？　輪郭《りんかく》のはっきりしない淡い色は、余計にふくよかに見えますのよ？　今のあなたは、とても滑稽に見えますわっ」

「……え……？」

会場中の視線がその通りだと言っている。レヴィリアの言葉に同意する者達しか居なかった。これくらいは常識だ。礼儀作法やマナーの授業で、ドレスの選び方を習う。そこで、自分に合う色を見つけるという内容があった。そして、パーティや夜会によっては、身につけてはいけない色やデザインがあるのだということも、教えられていくのだ。

「授業を受けていませんの？　他国には王族だけにしか許されない色があることや、お茶会ではそのような裾《すそ》の広がる派手な形のドレスはやめること、というものを知るための授業ですわ」

「……」

完全に、『何それ』という顔をしているエルセリア。だが、逃げ場は与えない。

「その授業は、私が受けた時に、妹も一緒に受けました。その時に選んだ色で、ドレスを作ってもらっていたはずです。ただ、今よりも痩せていましたが」

セルジュが淡々と答えた。

「こ、これは、お、お母さまとえらんだもので……」

「今より痩せていた時です」

「……っ」

尚もセルジュが声の抑揚《よくよう》を消して告げる。事実だけを口にしていた。

「お、お兄さまっ！　それではわたくしが、太っているといっているようなものですわっ！」

「太っただろ。鏡見ろよ。癇癪起こしては機嫌取りに菓子をねだり、疲れたと言っては菓子を要求し、甘い飲み物しか嫌だと、寝る前に水を持って来たメイドにそれをぶちまけて怒る……」

セルジュの機嫌が一気に降下していた。これはヤバいとフィルズは思うが、孤児院でも不完全燃焼気味だったのだろう。ここで発散させるのもありかと、決定的にブチ切れるまで放置することにする。レヴィリアにも視線で了承させた。

「ダンスの授業もサボり気味で？　運動不足を心配して、庭に散歩に行こうと誘《さそ》うメイド長達に、それなら庭にお菓子を用意しておくのが当然だろうと説教？」

セルジュは足と腕を組み、顔を少し伏せてエルセリアを視界に入れないようにしていた。

「はっ、こんなバカで滑稽な生き物が妹とは、本当に笑える。母上がバカなままなら、父上に離縁をおすすめし、お前ごと家を追い出してやったものをっ」

「っ……お、お兄さま……っ？」

「本当に、なぜこれほどまでに傲慢に、人の厚意を無下《むげ》にできるような者が出来上がるんだ？」

「っ……」

「その歳でろくに計算もできない、読み書きもできない。そんな公爵令嬢が存在していいのか？　もういっそ、一生どこかに閉じ込めて……」

「ひっ……っ」

下から睨《ね》め付けるようにエルセリアを見たセルジュからは、殺気が漏れていた。最近はフィルズ達や剣の師である騎士団長のヴィランズと共に、魔獣を狩りに出ることもあり、実戦を経験した彼は、かなり強くなっていた。

そんな人の加減のない殺気をもろに受け、軟弱な令嬢であるエルセリアが正気で居られるはずもなく、気絶してしまった。

「あ～……やっちまったな。けど、まあ……ここまでか」

フィルズが肩の力をふっと抜いた。そして、怒りで正気を失っているセルジュの足をパチパチと叩く。

「兄さん。兄さん。ここまでだ。これで反省できないなら、マジでお手上げだから。とりあえず落ち着け」

「っ、フィル……っ、なんなのっ、コイツ‼　本当にあり得ないぃぃぃぃっ」

泣きながら抱きついて来たセルジュの背をトントンと叩いて苦笑する。

「うん。本当にあり得ないとは思うけど、これが現実だ。受け入れよう。今日のことで変化がないようなら、大聖女に預けるから」

「もう顔も見たくないよぉぉぉ。弟も妹も、フィルだけでいい～っ」

「それはたまに俺が妹になる感じなのか？」

「うん。その格好可愛い。あっ、そうだよ！」

良いことを思いついたと、セルジュが体を離す。

「フィルがエルセリアも演《や》って！」

「……アレを？　いやいや、面倒くせ～。今は外に出ないからいいけど、もう少ししたら二役なんて、俺忙しいじゃん」

「病弱ってことにすればいいからっ」

「閉じ込めるのが決定した⁉　一生、あいつを外に出さないつもりか？」

「うん。母上と一緒に、出て来なければいい。というか、もう絶対に外に出さないっ」

「うわ～……」

セルジュの中では、母と妹を監禁《かんきん》することに決定したらしい。

「……せ、セルジュっ……」

「……っ」

少し離れた席に座っていたミリアリアとリゼンフィアがこちらへ向かって来ていたのだが、絶句して立ち止まる。そして気絶し、テーブルに突っ伏しているエルセリアを心配そうに見つめた。

困った娘だが、実の兄に毛嫌いされ、気絶させられたのだ。さすがに同情を禁じ得なかったらしい。そんな中、フィルズはエルセリアの隣に座る令嬢に声を掛ける。

「リニ。良い反応だったぞ」

「ありがとうございます。でも、セルジュの殺気には驚きましたよ」

リニと呼ばれた令嬢は、エルセリアがテーブルに突っ伏す直前、エルセリアの前にあったティーカップやお菓子の皿を素早く、中身を零すことなく引き寄せ、衝突を防いでいたのだ。自分でも満足できる動きだったと笑うリニ。そんなリニを、セルジュは目を丸くして見つめた。

「……え……リニ？」

「うん。どう？　フィルさんには負けるけど、それなりに可愛くできたと思わない？」

「……女の子にしか見えないよ……」

「ありがとうっ。このドレスも見てっ。今度売り出す最新デザインなんだよっ」

そう言いながら席から立ち上がり、ドレスの裾をふわりと靡《なび》かせて一回転して見せる。

「よく似合ってる」

「ふふっ。ありがとうっ！」

リニはリュブランの元騎士団のメンバーの一人。普段はほとんど喋ることもなく大人しい彼だが、セイスフィア商会で働くようになって、新しい自分を見つけた。それが女装であり、ドレスや服を作ることだった。男性用でも女性用でも、自分で作った服を自分で着て楽しむのが趣味で、それを活かし、セイスフィア商会の服飾部門を任されている。

だが、騎士としての自分も誇りに思っているため、体力作りと称して冒険者登録をし、フィルズやリュブラン達と一緒に狩りに出ることも続けている。そのため、殺気にも敏感《びんかん》だし、咄嗟《とっさ》の機転も利くというわけだ。

華奢《きゃしゃ》な体付きのため、本格的にリーリルに女装を教わったことで、今回も男だということが全く分からない出来になっていた。リニの本来の姿も知っているセルジュでさえ、気付かない出来だ。

お陰で、セルジュはその衝撃で少し落ち着いた。

「本当に可愛いわ……というか、フィル君もだけど、そこを極めて一体どうするの？」

レヴィリアも、リニが男と知り驚愕していた。これにはフィルズが答える。

「舞踏会《ぶとうかい》とかでの護衛の仕事ができるだろ？　冒険者への依頼、結構あるらしくてさ」

「っ、そういえば……聞いたことがあるわ……女騎士もありだけど、顔が知られていたりするから、冒険者に依頼することがあるって……でも、違和感がない女装をできるのは、高ランクの一握りの冒険者だけだと……」

うんうんと頷き、フィルズが楽しそうに説明する。

「それそれ。どうも、特級になる条件の一つでもあるらしくてさあ。他にも、貴族の女性に手を出さないこと、各国の貴族の礼儀作法を知っていること、あと、男女両方のダンスができないといけないとか？　貴族よりも色々と詳しくないとダメなんだってさっ」

「……冒険者なのに？」

「冒険者なのにっ。笑えるだろっ」

「厳しいのね……」

笑えないとレヴィリアは片頬を引き攣らせる。リゼンフィアやミリアリアも同じだ。

「だからか、依頼料めっちゃいいらしいけどなっ！」

「それは……そうでしょうね……」

そこまでの知識と技術が必要となれば、高くなるのも頷ける。その上護衛任務だ。貴族側の事情も知っているレヴィリアからすれば、依頼料が高くなるのは当然だろうと思えるものだった。

「さてと……そろそろ起こすか」

「……絶対反省してないけど……」

セルジュが不満そうに口を尖《とが》らせる。気持ち的には、自然に目が覚めるまでその辺に転がしておきたいのだろう。

「まあまあ、それに、反省はしてないかもしれんが、自分が色々同年代よりできることが少ないってのを自覚はしたみたいだぜ？　それが、恥ずかしいとも思い始めてる」

「え……本当に？」

「ああ。だから、この席に座りたがったんだ」

「……どういうこと？」

胡乱《うろん》げな目をしながら、エルセリアとフィルズを見比べるセルジュ。

これに笑いながらフィルズは、リゼンフィアとミリアリアにも座ってもらうことにする。リニ以外の三人の令嬢達に声を掛けた。

「悪いなお前達。あっちで、茶会の続きを楽しんでくれ」

「「はい。失礼いたします」」

「おう」

立ち上がり、綺麗なカーテシーを決めて礼をした令嬢達に、フィルズは片手を上げて答えた。しずしずと、美しい姿勢のまま空いている席へと散って行く令嬢達を見送りながら、レヴィリアはほうと息を吐く。リゼンフィアとミリアリアも見惚れていた。

「どこのお嬢さん達なの？　本当に素敵な動きだわ……」

「その辺のお嬢さんだよ。まあ、紹介は後でな。二人も座ってくれ」

リゼンフィアとミリアリアが空いた席に座った。それを確認してフィルズは庭の木へと顔を向ける。

「答え合わせをしよう。クルフィ、起こしてくれ」

《お任せください》

木の陰に隠れていたクルフィがやって来て、容赦《ようしゃ》なくエルセリアを叩き起こした。グキっという音が鳴ったと思う。

「うっ、イタッ!!」

「……ああ……ちょっと痛かっただろうな……」

《ふんっ》

「……」

荒くクルフィが鼻息を吐いた。無駄に高性能に作り過ぎたなと遅過ぎる認識をするフィルズだ。同じようにクルフィを見ていたセルジュが首を傾げる。

「クルフィ？　まだ機嫌悪かったの？」

《はい。こいつは嫌いです》

「それは仕方ないね」

すんなりと納得するセルジュに、目に涙を溜めて顔を上げたエルセリアが、何があったのかと周りを見回す。そして、すぐ傍に居たクルフィに気付き、ビクリと体を震わせた。

「っ、なっ、なにがっ……ひっ⁉」

そんな態度を、顔を顰めて一瞥した後、クルフィはセルジュの後ろへと控えるため、移動していった。警戒しながら、エルセリアはその動きを目で追っている。相当トラウマになっているようだ。

これに、フィルズが思わず噴き出しながらセルジュへ告げる。その様は、清楚で可愛らしい女性が頬杖をついて、隣に居る友人や彼氏に楽しそうに話しかけているようにしか見えなかった。

「ふっ。これだけ怯《おび》えてれば、欲しいなんて言わないだろ。良かったなっ」

「そういえば、それがあってクルフィに屋敷の中では隠れてもらってたね」

《お陰様で、隠密行動も完璧です》

「あははっ。いやいやっ、こいつから逃げるだけなら軽いだろ」

《まあ、そうですね》

言っている内容は酷いが、とても楽しそうな雰囲気で、傍から見ているのも気持ちのいいものだった。しばらくして、フィルズは正面に座るエルセリアへと顔を向けた。ニコリと笑うその表情は、とても美しいと誰もが思うだろう。

エルセリアも見惚れそうになっているが、すぐにフィルズは口を開いた。

「さて、落ち着いたかな？」

「っ、は、はい……」

テーブルに肘をつき、組んだ手の上に顎を軽く乗せるようにして微笑むフィルズに、エルセリアの目は固定されていた。これは、まだ正体に気付いてなさそうだなと察して、これ以上混乱させるのも面倒だと、声音も言葉違いも女性用に切り替える。

「そう。なら、答え合わせをしましょうか」

「こたえあわせ……？」

「ええ。あなたがなぜ、このテーブルに強引にでもつきたいと思ったのか」

「……」

「自覚があるかどうかをね？」

「……じかく……」

何かを警戒するように肩をすくめるエルセリア。そして、同じテーブルに父母達がついているのにも気付き、これはまた叱られるのではないかと感じたようだ。嫌そうに顔が歪んだ。

「ふふっ。そんな嫌そうな顔をしなくてもいいのに」

「っ……は、はい……」

フィルズの雰囲気に呑まれ、返事をするエルセリア。かなり萎縮《いしゅく》しているようだ。

「じゃあ、正直に思ったことを教えてくれる？　このテーブルにつこうと思ったのはなぜ？　他のテーブルは一つ、二つ、席が空いていたでしょう？　ここは空いていなかったのに、なぜ、ここに座りたかったの？」

故意に、他のテーブルは二つほど席を空けていた。だが、このテーブルだけは、初めから全ての席が埋まっていたのだ。

エルセリアは言葉を探すように、目を泳がせ、ゆっくりと口を開いた。

「ほ、ほかは……はなしがむずかしそうで……ここは、お菓子のはなしをしていたみたいだったから……」

「それだけ？」

「っ……できないって……しらないって……はずかしいっておもっ……っ」

涙を滲《にじ》ませていた。ようやく彼女は、できないことが悔しいのだということを自覚した。

「どういうこと？」

セルジュは、エルセリアを視界に入れないように椅子の向きを変えており、この質問もフィルズにしていた。妹は明らかに涙声だというのに、慰《なぐさ》める気は全くないらしい。これに若干苦笑しながら、フィルズが答えた。

「順番に説明するとね？　一番向こうのテーブルは商業ギルドの関係者の子ども達ばかりなの」

その声が聞こえたのだろう。そのテーブルについていた者達が立ち上がり、揃ってこちらに頭を下げた。ありがとうという意味を込めて、フィルズが片手を一つ振れば、再び椅子に座る。

「彼らが話していたのは、そろばん、物価や帳簿の付け方の話、計算法の話とかになってる」

「なるほど……交ざっても、理解できないだろうね」

「よね」

「……っ」

主導権を握れそうにない雰囲気もしっかり出していた。あえてその雰囲気を出そうとしたのではなく、そうした話をすると、彼らは自然にそうなってしまうのだ。だが、最初はそろばんの試験での話をしていたはずだ。

「算学愛好会の人達だから」

「さんがく……計算とか？」

「そう」

それはもう楽しそうに、そろばんも上級クラスに入っている少年少女達だった。

「次のテーブルは文学系。物語、詩の朗読《ろうどく》、古代語の話をしていた。彼らは文学愛好会の人達」

彼らも立ち上がり、揃った礼を見せる。頷いてみせれば、席についた。

「交ざったら、読み書きも危ういのがバレるだろうね」

「そうでしょう？」

「っ……」

エルセリアはセルジュの言葉に反感を抱くこともなく、ただ顔を赤らめて俯いている。できないことの恥ずかしさに気付けば、もう身を縮めることしかできないだろう。

彼らはエルセリアが近付いた時には、好きな文学作品の話をしていた。

「で、次にあのテーブルは被服系。リニの部下ね。装飾や得意な刺繍《ししゅう》、流行《はや》りのドレスの着こなし方とかの話をしていた」

「リニの部下か……すごそう」

これにリニが照れたように答える。

「部下だなんて。みんな、とっても素敵な服を作るのよ？　今度、セルジュさんの服もデザインしたいから、付き合ってね？」

「うん。是非っ」

「ふふっ。ありがとうっ。みんな～、許可をもらえたわよ～」

「「「「っ、お任せください」」」」

立ち上がり、そう嬉しそうに答えて礼をしていた。

「え？　私の服なんて、そんなに嬉しい？」

セルジュが不思議そうにするので、フィルズが笑った。

「当然でしょう？　次期領主様の服を作れるんだもの。気合いも入るよ」

「ええ。そういうことです」

「……なるほど……？」

そんな若くとも職人達の中に入るのは、無理な雰囲気だっただろうことは、察することができた。

ただ、エルセリアが近付いた時の会話は、刺繍の話だ。自分で刺したハンカチを見せ合っていた。

「まあ、それは置いておいて次ね」

「うん」

「そこのテーブルは、護身術や剣術、武術全般についての話をしていた。将来、騎士団に入るのを目指している人達。よく見ると、ちょっと肉付きも違うでしょう？」

そう告げれば、立ち上がった者達が、男女関係なく他の者達と同様に優雅に礼をしたかと思えば、次に各々《おのおの》がポージングを決めてみせる。

「はいはい。それはいいから。かっこいいから」

「「「「ありがとうございます!!」」」」

完全に体育会系の返事だった。再び席についた彼らを見て、セルジュは一つ頷く。

「あそこには、入り難いだろうね」

「今みたいに大人しくもできるんだけど、剣とかの話をしてると、どうしても雰囲気が……」

ちょっと近付きたくないものになる。とはいえ、今回はあえてだったので文句はない。一応は、護身術や柔軟な体が大事という話から入ったはずなので、雰囲気はまだ柔らかかったのではないかと思う。

「最後のあのテーブルは、舞踏会でのダンスだけでなく、踊り子の知る様々な国の舞踊《ぶよう》、音楽に合わせた準備体操も織り交ぜたダンスなども研究、実践するダンス同好会の人達ね」

「「「「よろしくお願いします」」」」

彼らの礼は、滑《なめ》らかで華やかに見えた。ダンスの相手はどうのという話しかエルセリアには聞かせていないはずだ。

「そんな中で、このテーブルは美味しいお菓子や食べ物の話だったの」

「一番無難だね……」

「ここならって思うでしょ？」

「……っ」

どこの、どういうお菓子が美味しかったとか、そういう話をしていた。唯一、エルセリアが興味もあり話にも交じることができるものだったのだが、エルセリアは、赤い顔で俯いたままだった。できないことが恥ずかしいと思えるようになっただけマシかと、セルジュも納得し始める。だが、完全にそれで許すかと言われれば無理があるようだ。

「お菓子の話ね……それって、アレが美味しかったとかコレがオススメとかいう話じゃないんじゃない？」

セルジュの問いかけに答えたのは、クスクスと笑うリニだ。

「ええ。作り方ですとか、材料についてですわね。今日の、ここにあるセイスフィア商会の新作のお菓子が、素材が何でどうやって作られているかというお話をしておりましたわ」

ほんの一瞬考えてから、セルジュが断定する。

「それ、こいつには結局無理じゃない？」

「っ、つ、つくりかた？」

「分かってなかったみたいだし」

「「……」」

フィルズとリニは口を固く閉じることにした。エルセリアを見るセルジュの目が据わっている。もう『こいつ』と呼ぶようにもなっているのが、心情を表していそうだ。

どうするかとセルジュの向こうに居るリゼンフィアとミリアリアへとフィルズが視線を投げるが、二人は小さく首を横に振った。その目には諦めの色がある。仲裁《ちゅうさい》する気もないようだ。これにフィルズは目を細める。

「いや。諦めんなよ……子育ては失敗したと思ったとしても放り投げられねえんだぜ？　問題から逃げられない。投げられない。他人へ責任転嫁《てんか》も許されないってのを学ぶ。だから『親になるのは、人生を学ぶこと』って教会は教えるんだよ」

「あ……」

「っ……なるほど……」

納得の色を見せる両親。エルセリアに自覚させるだけでも足りないのだ。何よりも親として在ることへの覚悟を持たせる必要がある。

「はあ～……ほんと、貴族ってのは……」

「すまない……」

リゼンフィアが素直に謝った。そんな会話を自分の頭越しにされているというのに、セルジュはエルセリアを睨むのに忙しいようだった。本当に忌々《いまいま》しく思っているらしく、ここまで嫌悪《けんお》を表すかというほど、トゲトゲとした視線がエルセリアに向かっているのに気付き、フィルズもまた、ため息をつく。

「はあ……ん？」

そこで、視線を感じてフィルズが振り返り、立ち上がる。

「フィル？」

急に動いたため、セルジュの視線もフィルズへと戻って来た。振り向いたフィルズは苦笑していた。その視線の先に居たのは、不意に手を繋いで現れた、金と銀の色を持つ少年と少女だ。

「誰？」

セルジュもそちらを見て首を傾げた。真っ先にその正体に気付いて動いたのは、リニやこの会場に紛れていたセイルとタクト、そして、リュブランと第三王妃だった。

彼らは教会で少年達の姿を目に焼き付けていたから分かったのだ。立ち上がったリニと第三王妃は両膝を突いて深く頭を下げ、給仕として紛れていたセイルとタクト、リュブランが片膝を突いて胸に手を当て、頭を下げた。

「え？　リニ？　セイル、タクト？」

セルジュが会場に居たセイルとタクトに気付いて、驚きながらも首を傾げた。

シンと静まり返る会場。そんな中、フィルズはいつも通りに少年と少女へ声を掛けた。

「どうしたんだ？　トラン、ユラン」

「「「「……」」」」

少年と少女が何人かに跪《ひざまず》かれる状況を見ながら、誰もがその名に思考が停止しかける。誰だったかと思い出しかけながらも、あり得ないと頭が否定するのだ。

否応《いやおう》なく目を惹く金と銀の髪と、長いまつ毛に隠れる金の瞳に気付き、その答えが分かると、衝撃に体を震わせていく。

陽《よう》のトランと月のユラン、二人は昼と夜の神だ。

口を開くことさえできない緊張感が会場を包んでいた。それでも、フィルズは変わらない。どうしたのかと問いかけるように、首を傾げてみせていた。すると少年の方、トランが先に口を開く。

「兄妹仲良く」

「あ～」

次に少女の方、ユランが口を開いた。

「助け合う。仲良く」

「う～ん……難しいんだけどな。言いたいことは分かる」

「『他も』」

単語を連ねるばかりで、トランとユランとの会話は分かりづらい。だが、フィルズも今までの付き合いで、何とか言外の意思も拾えるようになっていた。

「他の貴族家も確認しろって？」

「『お願い』」

「……夫婦の問題もまだ中途半端だぜ？」

これにニッコリと笑って、二人はそれぞれ手を繋いでいない方の手を挙げる。

「『頼んだ♪』」

「その頼み方、リザフトの真似か？　似合ってる。了解した」

「『ふふっ』」

「せっかくだから、お茶してくか？」

「……する！」」

「分かった。メイド長、俺の鞄持って来てくれ」

「っ、承知しました」

メイド長が緊張しながらも屋敷に向かって行く。

「セイル、タクト、大きい机があっただろ？　それを出してくれるか？　リュブランやカリュも手伝ってやってくれ。カティやお前達も一緒に席につけるようにしたい」

「わ、分かりました」

「すぐにっ」

「任せてっ」

「了解」

彼らは素早く動く。セイルがその机の入ったマジックボックスを取りに行き、残ったメンバーで場所を空けていく。

「せっかくだし……母さん達も呼ぶか。もうこの茶会も目的とするところは終わったしな。カティ、終了でいいよな？」

未だ、少し混乱しているカティルラに声を掛ける。

「え、ええ」

「よし。そんじゃあ、みんな、お疲れ！　今からは懇親会《こんしんかい》だ！　自由に楽しんでくれ！」

「「「「お疲れ様でした！　ありがとうございます！」」」」

揃って立ち上がり、それぞれが綺麗な礼を決める彼らに、カティルラもレヴィリアも驚愕している。

「すごいわね……」

「本当に……どこのお嬢さん達なのかしら……」

少年、少女だけでなく、大人の男性、女性も、完璧な所作なのだ。貴族達を集めたところで、王宮でさえこんな整った様子は見えないだろう。

フィルズはそんな言葉を聞きながら、それに答えるより先にと、トランとユランへ声を掛ける。

「リューラ達も呼んできていいぞ。ただし、あと三人まで」

「「うんっ」」

二人が姿を消した。それを確認してから、フィルズは今日のこのお茶会参加者達を紹介する。

「カティ、レヴィ、紹介しとく。彼らはそれぞれの同好会とは別に『紳士淑女《しんししゅくじょ》の会』のメンバーでもある。日々自分達を磨き、貴族に対しての礼儀作法を勉強してる」

「……貴族関係者ではないと？　これで？」

「それこそ、貴族の子ども達に礼儀作法を教えられるレベルよ!?　普段は何してるの？」

彼らの仕草、食べ方、知識、一つ一つの受け答え方も、全てが完璧。理想とされる貴族そのものだった。そう本物の王侯貴族であるカティルラ達が認めていた。

「普段はその辺の奥さんとか、あの辺は冒険者だし、子ども達もそうだ。あの辺は商業ギルドの見習いや、冒険者として頑張ってる奴らだ」

「「……あり得ないわ……」」

今からここまでできていれば、冒険者なら上級になっても安泰《あんたい》だ。事実、ギルドではとても期待されている。もちろん、商業ギルドの見習い達もだ。

カティルラとレヴィリアはもう一度彼らを見て呟く。

「「あり得ないわ……」」

「「……っ」」

本当にその辺のお嬢さん達だと知って、リゼンフィアやミリアリアもしばらく呆然としていた。ここで、フィルズはずっと呆然としていたエルセリアへと顔を向ける。

「分かったか？　生まれがどうあれ、学ぶ意欲さえあれば、平民だろうが孤児だろうが、これだけ貴族としての振る舞いができる。年齢だって関係ない。このレベルになれば、貴族家の養子に入っても問題のないものだ」

「っ……」

エルセリアは、フィルズの話し方の変化に混乱しながらも、目を離すこともできずに息を詰めていた。

「実際、どの年代でも一人や二人は養子として貴族に引き取られる孤児がいる。血を継いだ子どもより、養子として取った優秀な子を跡取りにすることもこの国は認めている」

「あ……っ」

「そうだ。今のままのお前なら、ここにいる奴らと入れ替わっても、家にとっても国にとっても問題ないってことだ」

「っ、わ、わたっ、わたしっ」

きついことを言うが、これが現実になってもおかしくはない。危機感を持たせるには一番の薬だろうと判断した。

「お前はただその場所に甘えているだけだ。それは、貴族家に生まれた者としての責務を果たす気がないと言っているのと同じ。そのドレス一つ買うだけで、平民は二年、毎日必死に朝から晩まで働かなきゃならない。冒険者ならば命をかけて一年か……」

それでさえ、収入が安定している者達というのが前提にある。

「だが、お前はどうだ？　与えられた役目を果たすための責任も負わず、勉強もせずに好きな物を好きなだけ食べ、好きなことをして周りを困らせる。そんな毎日でそのドレスがポンと手に入る」

「っ……」

目を大きく見開くエルセリア。未だかつて、そこまで目を開いたことはないだろうと思えるほど見開いていた。その目には涙が溢れて来ている。

「それなら、孤児であっても努力して勉強し、周りの期待にも応えられる子の方が望まれると思わないか？　領民達も、そんな努力する子にならば、自分達の血税を使って欲しいと思うだろう」

「っ、っ、っ……っ」

声もなく、涙を流し出すエルセリア。それを見つつ、大きくゆっくりとフィルズは息を吐いてみせる。

「まずは自覚しろ。今までの自分の行い、行動は、公爵令嬢として相応しいものだったか？」

「っ、ち、ちがっ、ちがうっ……っ」

ここで、エルセリアはフィルズとの間に居る、同じテーブルについているリゼンフィアとミリアリア、それとセルジュの姿が目に入ったのだろう。三人とも、フィルズの位置からは見えないが、顔を顰めているはずだ。責めるような視線が注がれていることに彼女も気付いたようだ。

「ご、ごめっ、ごめんなっ、さっ」

声は震えていた。だが、フィルズは続ける。

「謝るだけじゃダメだ。今日から、この後からどうするべきか、それを考えろ。そんで、なんで兄さんが怒っているのかを考えるんだ」

「っ、おっ、おにいっ、おにいさまっ、ふっ、うえっ、ご、ごめんっ、ごめんなさいぃぃぃっ」

これに、セルジュはエルセリアの内心を探るように、鋭い視線を向ける。

「……本当に反省しているのか？　どれだけ失望させたか、分かっているのか？」

「わ、わたしっ、わたしっ、ふっ、っ、くっ……」

ひっく、ひっくと大泣きするエルセリアに、セルジュの目はまだ厳しいままなのだろう。

「メイド長やカナルが、お前をどんな気持ちで見ていたか分かっているのか？」

「っ……」

セルジュは冷静だった。フィルズの言葉が、きちんとエルセリアに届いていると感じたからだ。

今ならば自分の言葉も届くと感じたから告げる。

「どれだけ迷惑をかけていたか……教師や、神官様に向けていた態度は……行いは、どうだったか考えろ」

「っ、っ……あ……っ」

「相手の立場に立って、それが受け入れられるものかどうか……私達貴族は、よく考えるべきなんだ……些細《ささい》な言葉で……態度で人を押さえ付けることができてしまうから……」

「「っ……」」

自分の心と向き合うように、セルジュは俯きながらその言葉を吐き出した。これに、リゼンフィアとミリアリアも息を呑む。その考え方をセルジュが知っていたことに驚いたのだ。

そして、そんな当たり前のことを、自分達も言葉にできずにいたと気付いたから。本来ならば、親であるリゼンフィアやミリアリアが教えなくてはならないこと。その考えに、セルジュが自分で辿り着いていたことに戸惑っていた。

「相手の立場に……そうね……そうよね……そうあるべきとは知っていたけれど難しい……」

黙って聞いていたレヴィリアが俯いてそう呟く。そうあるべきと知っていても、本当にそれが理解でき、実践できているかと言われれば否《いな》だろう。

かつてレヴィリアは失敗した。善かれと思って隣国の情勢を掻き乱し、その結果、行き場を失った盗賊達を生み出してしまったのだ。

だから、言えることがあった。レヴィリアはエルセリアへ真っ直ぐに顔を向けた。

「あなたはまだ間に合うわ」

「っ……え……」

「わたくしは間違えた……わたくし達貴族はね、常に考えなくてはならないのよ。選択一つで、そこに住む人々の暮らしを、いとも簡単に壊してしまうことができるから……」

「……」

その怖さは、エルセリアには想像できないようだ。だから、レヴィリアは静かに息を吐きながら分かりやすく伝えようと続けた。

「大袈裟に聞こえるかもしれないけれど、それがもし、王ならば国を亡《ほろ》ぼしてしまうかもしれないのよ……」

「っ……」

「領主ならば、その地の領民を殺すことになるかもしれない……男じゃないから大丈夫だと思ってはいけないわ」

レヴィリアは苦しそうに告げた。自分の胸元をきつく掴むようにして伝えた。

「夫が……父親が……安易な考えで行動したなら、妻や娘であるわたくし達は、民に向かおうとするものを、止めなくてはならないのよっ。そうでなければ、賛同したのと同じ……民を見殺しにするのと同じだわっ」

レヴィリアは深く後悔していた。自分の行いが、独りよがりなものでしかなかったことに気付いた。それは、消し去ることができない大失態で、恥ずべきことだと理解したのだ。

感情的になっているレヴィリアの背に、フィルズはそっと手を添えた。

「落ち着け」

「っ……」

レヴィリアは一度目を閉じ、大きく息を吐く。そして、ゆっくりと肺を膨らませるようにして気持ちを落ち着けていった。それを感じ取り、フィルズは大丈夫だなとぽんぽんと軽く叩いて、手を離す。レヴィリアは小さく頷いて、再びエルセリアへ目を向けた。

「わたくし達が、教師に対して気に入らないと言えば、その人はもう二度と教師としての仕事はできないわ。その一言で、その人の人生を変えてしまえるの」

「っ……うそ……」

「メイドにだって同じ。わたくし達の何気ない一言で、その人の居場所を失わせてしまうの。それを……忘れてはいけないわ……」

「っ、わ、わたし……っ」

エルセリアの涙は止まっていた。代わりに、真っ青になっている。そして、目が忙しなく動いていた。思い返しているのだろう。これまでの自分の行いと吐いてしまった言葉を。

「誰かに任せてはいけないわ……女であろうと、貴族に生まれたならば、等しく責任を負って生きているの。民達にとっては同じ貴族でしかないもの。分かるでしょう？」

「っ……あ……」

優しく語りかけるように告げるレヴィリアに、エルセリアは理解を示し始めていた。

その瞳に、ただの怯えではなく、わけの分からない不安ではなく、理解を示す色が見える。レヴィリアの言葉を、エルセリアは目を離すことなく受け止めていく。

「知識は大事よ。物事を知らなければ……何が間違いかも分からないもの。計算だってそう……このお茶会を開くのに、決められた予算内で何が用意できて、何を用意しなくてはならないのか。ある程度予測するためにも必要なことだわ」

これに、商業ギルドの見習い達がうんと頷いていた。

「そのためには物価を知り、流行を知っていなくてはならない。もちろん、家令達が優秀なら差配してくれるけれど……任せきりにし過ぎれば、いずれそれは自分の無能を知らしめることになるわ。家の評価は想像するよりも、いとも簡単に下がってしまうものだから」

それを想像したのだろう。エルセリアの瞳は不安げに揺れていた。

「友好的な人達だけではないもの。そこが隙になる。逆に、用意したお菓子一つで、話題を広げることもできるわ」

ミリアリアが昔を懐かしむように目を細めて小さく頷いていた。

「わたくし達は、誰よりもこの世界のことを……人々の暮らしや領地のこと、国のことを知っていなくてはならないの。無関心でいてはならないのよ」

レヴィリアの言葉は、静かなこの会場に居る者達全ての耳に届いている。

そんな空気を壊さないよう静かに、カリュエルやリサーナ、リュブラン達は会場のレイアウトの変更をしながらも、レヴィリアの話を真剣に聞いていた。彼らにとっても、他人事ではないと思っているのだ。

　リュブラン達はもう王宮や実家に戻りたいとは思っていないが、それでも知っておくべきことととして認識しているのだろう。学ぶことに貪欲《どんよく》な彼らは、こうした機会を絶対に逃さない。

「あなたはどこまで分かっているのかしら……自分が何を知っていて、何を知らないのか分かっているかしら」

「っ……わたし……」

　レヴィリアはふっと息を吐く。まだ間に合う。エルセリアの顔を見てそう確信したのだろう。

「言葉を、文字を知らなくては、必要な情報を得ることが困難だわ。そして、文章を読み、それを理解できなければ何も始められない。お茶会の招待状だって書けないでしょう？　友人や、好意を向ける人へ気持ちを伝えるためにも手紙を書くものだわ」

　文学を愛する者達がうんうんと頷いた。

「今はセイスフィア商会のイヤフィスがあるけれど、手紙を書くことは大事なことなの。文字だって綺麗に書けなくては……文字は心を映《うつ》すわ。それだけで印象も変わるの。これは、数をこなさなくてはならないから……」

「っ……い、いまからでも……」

「そうね……少し時間を無駄にして、もったいなかったわね……」

「あ……っ」

　レヴィリアが苦笑したのが分かった。

「せっかく早くから教えてもらえたのに……」

「わたし……っ」

エルセリアの顔にはっきりと焦りの色が見えた。それに気付き、レヴィリアはこれくらいで良いだろうと思ったようだ。声の雰囲気が変わる。片頬に右手を添え、少し首も傾ける。

「何年分無駄にしたのかしら？」

これに、セルジュが冷静に答える。

「五年ですね」

「っ、あ、あら……そ、そうよね……でも……それは少しではないわね……」

「っ……」

レヴィリアも引いた。七歳になる頃から始めるものなので、間違いない。精神的に幼いエルセリアの様子に、実年齢を若く見積もっていたのだろう。かなり動揺していた。

「ま、まあ、アレよっ。何をしているのか分からないなりにやらされる幼い頃よりも、集中してできるでしょうし……」

「できると思います？　集中力、忍耐力なんて何のことか分かっていないですよ？　努力だって知らないと思うのです」

セルジュは遠慮なくレヴィリアに意見する。彼女が王妹だということは知っているが、レヴィリアはフィルズが受け入れた者として認識されている。リュブラン達と同様に、今やセイスフィア商会の従業員、身内のようなものだ。

よって、セルジュにとっては、親戚のお姉さん的な距離感の人になっていた。それをレヴィリアも嬉しそうに受け入れているので問題はない。

「さっ……さすがに、この子も頑張るわよ……」

「これまで一度も努力どころか、我慢もしたことがないんですよ？」

「……そ、それは困ったわね……」

この二人の話を聞いて、フィルズは笑うのを我慢できなかった。

「ぷはっ。レヴィっ、諦めんなよっ」

「っ、だってフィルっ。これ以上庇えないわっ」

「あははははっ。いやっ、まあ、兄さんの言うことが正し過ぎるんだけどなっ」

「異母妹のことでしょう⁉　フィルこそ庇うべきじゃないっ」

「え～、俺、努力しねえ奴、嫌～い」

「そんな気がしたわ！」

「おう。是非とも覚えておいてくれ！」

腰に手を当て、快活に笑う美少女。気持ちの良い表情とその見た目に、誰もがフィルズに惹きつけられていた。そこで、エルセリアが目を瞬《またた》かせて呟く。

「……フィルお姉さま？」

「ん？」

「え？」

フィルズとセルジュの声が重なった。エルセリアと目が合ったフィルズは首を傾げてみせることで、何と言ったのかと問いかけ、促す。

「フィルお姉さまですよね？」

「……ん？」

「あっ」

セルジュがここで、思い出したと手を打つ。

「そういえばこいつ、小さい頃、フィルのことを姉だと思ってたんだよ」

「……は？」

フィルズの声は低かった。意味が分からないと言いたげだ。理解できないフィルズを見て、セルジュは続けた。

「だって、フィル。あの頃のフィルって、すごく可愛かったし。今は、クーちゃんママに似て美人って感じになってきたけど」

「……」

懐かしむように、セルジュは宙に視線を向けて少し苦笑した。

「ドレスの方が似合うけど、母上が嫌ってるから、ドレスを用意してもらえないんだって、私も信じそうになったし」

「……いや……俺、男……」

「うん。分かってるんだけどね？　私の妹なんだって、誰かに自慢したかったな〜。うんっ。今後どうかな？」

「どうゆう提案だ？　それ……」

エルセリアはセルジュとフィルズを見比べるのに忙しく、混乱していた。そこに、クラルスやファスター王、神殿長達がやって来た。

フィルズは、トランとユランが消えてすぐに、ホワイトにイヤフィスを通じてクラルスを呼ぶように指示を出していた。ついでにファスター王やヴィランズ、ミリアリアの父であるトランダと神殿長も来たら良いと伝えてもらった。その彼らも全員来たようだ。

「おおっ、今日はまた一段と美人さんじゃないか？」

ファスター王が満面の笑みを浮かべて言うので、フィルズはきちんと演じてみせる。華やかで綺麗な笑みに見えるよう意識して、美しいカーテシーを決めた。

「フィーリア・スノウルと申します。以後、お見知りおきくださいませ」

「っ……なんと、可憐な姫君だ。是非とも実の父と思ってお父様と呼んでくれっ」

「まあっ。ふふっ。冗談がお上手ですわね」

「むう……では、パパとっ」

「口を閉じないと危ないですわよ」

「ん？」

その時、ファスター王は、後ろから扇子で母であるカティルラに背中を叩かれる。

「いい加減になさいっ！」

「イッ！　痛いだろうっ、母上……」

「みっともないわよっ。フィーリアが可愛くて娘にしたいのは分かるけどっ。わたくしだって、ファリマスみたいに、フィルに『おばあちゃま』って呼ばれたいのに我慢してるのよっ⁉」

「え？」

「……母上……」

フィルズが目を瞬かせ、ファスター王が目を細めながらカティルラを振り返る。

カティルラはキラキラした目でフィルズの姿を見つめて続ける。

「わたくしなら、この姿のフィルを色んなお茶会や舞踏会に連れて行くわっ。ドレスだっていくらでも買ってあげるしっ、お買い物するのも絶対に楽しいに決まってる！」

「……」

「……」

フィルズが目線だけでファスター王に、どうにかして落ち着かせろと伝える。だが、ファスター王は静かに首を横に振った。変に口を挟めば返り討ちに遭うらしい。

「孫娘はリサーナが居るけれど、あの女が邪魔をするのは目に見えているものっ。くっ、なんて忌々しいっ。あんなのが娘だなんてっ……もっとしっかりと調べておくんだったわっ」

グッと空を見上げて右の拳を握り、左手で持つ扇子を折らんばかりに握り締めている。その手ははっきりと震えて見えた。相当、力が入っている。

現在、王妃の座にあるのは第一王妃だけ。だが、この第一王妃はカリュエルとリサーナの母であった第二王妃ミルフィリアを、第三王妃に罪を着せて殺したと目《もく》されている。その証拠集めを現在しているところだが、先日これをカティルラも知るところとなった。今まで騙《だま》されていたということで、かなりご立腹のようだ。

「あれの父親は愚鈍《ぐどん》なところもあった……だから油断したわ……っ、ミルフィリアをっ……あの毒婦っ……王都に戻ったらわたくしが直々《じきじき》に処してやるわっ」

「……」

「……ファシー……なんかやべえ感じだけど……大丈夫か？」

「……」

カティルラの体から黒い何かが出ているように見えるのは気のせいだろうか。ファスター王もちょっと震えている。顔色が悪いのは、恐怖を感じているからかもしれない。

「おやおや。カティは何をそんなに燃えているんだい？」

「ふふっ。カティがとっても元気になって私は嬉しいけど」

「ファリマスっ、リーリルっ」

クラルスの後に続いて、ファリマスとリーリルがやって来たのだ。二人は、カティルラを見てクスクスと笑っていた。恥ずかしそうに俯いてしまったカティルラをよそに、ファリマスとリーリルは会場を見回す。

「それにしても、素晴らしい会場だねえ。こんなに可愛らしくも楽しげなお茶会会場は初めて見るよ」

「そうだね。私もお茶会は沢山参加して来たけど、本当に素敵」

これに、フィルズが自慢げに胸を張る。

「いいだろうっ。セイルとタクトは、本当にセンスが良くてさ〜」

テーブルをアイテムボックスから引っ張り出していたセイルとタクトが、揃って礼をした。

フィルズはファリマスとリーリルに二人を紹介する。

「あの二人だ。招待客達のドレスの邪魔をせず、それでいて華やかな会場にしてくれるんだよ」

「そうっ。そうだったわっ。フィルっ、二人に王都でのお茶会を、是非とも任せたいと思っていたのっ」

カティルラが前のめりになりながら興奮気味に告げた。

「あ〜……そうだな。それ、もう少ししてから売り込もうと思ってたんだが……なるほど……前王妃が使うなら……セイル、タクト、どうだ？」

「是非やりたいです」

「任せていただけるなら、精一杯やらせていただきます」

「嬉しいわっ」

カティルラは感激していた。

「派遣って形になるがな。もちろん、こいつらの実家には手を出させる気はねぇし」

「っ……」

フィルズの言葉に、セイルとタクトが感激していた。

カティルラがほうと息を吐いて感心する。

「フィル君って、本当に男前よね……」

「俺、男だからな？」

「ううんっ。その姿で言われると余計にっ」

「なんで？」

「そういうとこ、ファリマスにそっくりなのよ」

「あ、ならいいか。ばあちゃんはカッコいいしなっ」

「そうねっ」

「それはありがと」

ファリマスが笑いながらお礼を言っていた。そこで、クラルスがエルセリアの視線に気付き、今日のこのお茶会の主旨を思い出した。

「そういえば、エルちゃんは合格できたのかしら？」

「いや、無理だって言ったじゃん。それより、何でか俺のこと、姉だと思ってたみたいなんだけど？」

「あら～あ。やっぱり？」

クラルスは知っていたようだ。楽しそうに笑う。

「やっぱりって……母さん、そう思ったなら訂正《ていせい》してくれよ」

「え～、私としては、父さんみたいに、父と母、両方できるお得感みたいな？　息子と娘を両方楽しめちゃうのがいいな～って」

「それ、どうなのさ……」

これをお得と捉えるクラルスは、リーリルの娘だなと頷けるものだ。

「メイド長も、カナルも訂正しなかったわよ？」

「おい……」

「「……」」

メイド長とカナルが、分かりやすく顔を背けた。

「だからって……どうすんの？　今回のコレのせいでもあるだろうけど、脱げばいいのか？」

フィルズが冗談半分で服に手をかけた次の瞬間、会場に居る全員が、フィルズを批難《ひなん》した。神殿長やトランダもだ。悲鳴に近い叫び声が響いた。

「「「「だめぇぇぇぇっ」」」」

「「「「っ、やめて!?」」」」

「「「「ッ、やめてくださいっ」」」」

「……泣くほど……？」

本気で涙目になっている者は多かった。

ミッション⑦　神々とお茶会をしよう

混沌とした空気の中、口を開いたのは祖父リーリルだった。

「フィル？　ここ、お着替え用のお部屋借りられる？」

「ん？　ああ。大丈夫だけど？」

「なら、ちょっとおいで。お着替えしよう」

「うん？」

フワリと笑いながら、そんな提案をするリーリルに手を引かれ、フィルズは屋敷に向かう。皆の視線が集まるのを感じて、フィルズは声を掛けておく。

「気にせず楽しんでくれ」

頷き、ゆっくりとまた楽しげな雰囲気に戻っていくのを確認し、フィルズはリーリルの隣に並んでクスリと笑った。

「どうしたの？」

リーリルがフィルズの顔を下から覗き込むようにして、少し首を傾げてみせる。その様は可愛らしい。他人にどう見られるのか、リーリルの徹底して計算された仕草に感心しながら答えた。

「いや。兄さんや親父達とレヴィ以外は、本気で楽しんでくれてるのが嬉しくてさ」

「ああ。確か、『紳士淑女の会』だったかな？　貴族の人達よりも貴族らしくて素敵だよね」

「ギスギスしなくていいよな〜。まあ、そのギスギスした雰囲気のお茶会もできるんだけど」

「演じるってこと？」

それはすごいと目を瞠《みは》るリーリル。

「その方が実践的だろ？　綺麗な嫌味の返し方とか、真面目に研究してるんだぜ？　だから多分、貴族のお茶会に招かれても、平気な顔で参加できる」

メイド長が『ご案内します』と声を掛けて来たが、問題ないと返し、リーリルと二人だけで話を続けながら屋敷に入る。

「恨まれないように嫌味を返すのって、難しいよ？」

「そこを研究して勉強するんだよ。嫌味に気付かないなら傷付かなくていいと思うんだが、嫌味だって分かるくらいには、知識や情報を持ってないと、実際の貴族と渡り合うには足りない」

嫌味を学ぶなんて性格が歪みそうだと不安になりながらも、彼らは日々の中で研究しているらしいのだ。だからこそ、他の同好会、愛好会にも所属している。それは、知識を集めるためだ。仕草だけ真似ただけでは面白くない。

「今まで嫌いだった近所の嫌味なおばちゃんを好きになりそうだって、泣いてる奴もいたな」

「それって、嬉し泣き？」

リーリルが、意味が分からないと形の良い眉を寄せる。

「いや、悔し泣き」

その人は『最高の先生じゃねえかっ。くっ、感謝したくねえっ！』と本気で嘆いていた。

「他の奴らも似たり寄ったりで、病みそうでさあ。それなら、ギスギスしない、理想のお茶会ってのを実現してみたらどうだって提案したんだ」

貴族としての格式も、態度も変えずに、絵本や物語の中で見る想像上のものではなく、あくまでも現実的で実現可能な、貴族の理想とするお茶会を作り上げてみてはどうかと提案した。

それは、黒いところがなく、どの分野の話でも、誰もが前向きに意見を交わせられる場所。自分だけの、特定の者達へだけの利益を求めることがなく、皆で高め合う様子は、見ていても気持ちの良いものだ。こうあって欲しいと思えるものだった。

「うんっ。もう雰囲気がねっ。あんなお茶会なら、いつでも参加したいものっ」

「だよな～。そういうのを大事にすればいいのにさ。お茶会だって商売と一緒だろ？」

次も来たい、参加したいと思えるものになれば、味方にもできる。参加するためには、主催者にも他の客にも嫌われるわけにはいかないのだから。

「そうだねえ……うん。このお茶会を、貴族の人達にも見せてあげられたらいいかもね。そういうのも、カティに任せてみたら？」

「だな」

そんな話をしながら、着替えのための部屋に入る。

「さてと♪　じゃあ、始めようか♪」

「……何すんの？」

「ふふふっ」

「……」

　その笑みが、多くの人の前で見せる魅惑的なそれではなく、どこか黒っぽい含みのある笑みに見えたのは気のせいではないかもしれない。

◆◆◆

　フィルズが少しばかり頬を引き攣らせている頃、会場では、着々と準備が進められていた。

「この布はどうでしょうか」

「そうですね。ええ。良いと思います」

「ティーカップはこちらとこちらですと……どちらをお出ししましょうか」

「こちらの方が派手過ぎなくて良いでしょう」

　セイルとタクトによって、会場の中でも浮き過ぎないように、けれど格式も感じられるように、大きなテーブルの上が整えられていく。

　貴族の、それも王族であるカティルラも褒めるほどの完璧な会場にはなっているが、今からここに招くのは神なのだ。王よりも気を遣うのは当たり前だった。

　セイルやタクトは、教会にもよく行く。世話になった孤児院にも顔を出し、学舎で教鞭《きょうべん》を取る時もある。神官達とも仲が良く、リュブラン達もだが、フィルズの描いた神の絵がお気に入りだった。

だから、トランとユランを実際に見た時、すぐに神であることが分かった。そして、フィルズの言葉で、他の神も同席すると聞き、神達に満足してもらえるような会場にしたいと張り切っている。

それでも、神のことを神官ほど知っているわけではない。だから、神殿長に確認しながら作り上げていたのだ。

「花はこちらでどうでしょうか。上手く生けられたと思うのですが」

リュブランがテーブルに置く花を生けて持って来た。それを見て、カティルラとレヴィリアが目を丸くする。

「リュブラン？　これ、リュブランが？」

「素敵ね……」

全体的に小さな花を使ってまとめられた花は、清楚で可愛らしい印象だ。

「はいっ。フィル……フィーリア嬢をイメージしてみましたっ」

「『……素敵だわ……』」

「っ、ありがとうございますっ」

「『っ……可愛いわ……』」

リュブランの心からの喜びが表れた笑顔は輝いており、二人は心を撃ち抜かれていた。

そこにフィルズとリーリルが戻って来たのだが、会場中が息を呑む。誰もが、時が止まったと感じるほどの衝撃を受けていた。

そのフィルズの姿は、誰がどう見ても甘やかな雰囲気を纏った王子様だったのだ。リーリルの腕は確かだった。

◆　◆　◆

それは十分ほど前。着替えのためにリーリルに連れられて部屋に入ったフィルズだったが、手際良く整えられていく自身の姿に戸惑っていた。

「……じいちゃん……やり過ぎじゃね？」

大きな姿見の前で、リーリルの持っている小さなマジックバッグから取り出された服を着たフィルズは、次に髪を整えられていく。

「え？　とってもよく似合ってるよ？」

「そりゃ、どうも……というか、この服どうしたんだ？　俺にピッタリなんだけど……」

リーリルは小柄だが、この服は小さいだろう。本当に、フィルズのためにあつらえたようにピッタリだったのだ。

「だって、フィルのために作ったんだもの」

「……ん？　作った？　作ってもらったじゃなく？」

「うん。作った。あれ？　クラルスから聞いてない？」

「何を？」

「クラルスやファルの服は私が作ってるの。クラルスにお裁縫を教えたのも私」

「知らんかった……」

一般的に裁縫については、母親から娘へ受け継がれるのが普通だ。だから当然、クラルスも母親であるファリマスから教わったものだと思っていた。

「ファルもできなくはないんだけどね？　加護《かご》織《おり》はファルの方が得意だし」

「そうなんだ……けど、結構豪快なところがあるし、ばあちゃんからは想像できねえわ……」

「ふふっ。ファルはセンスが良いんだけどね。あの会場の色合いも、すごく気に入っていたよ。目が輝いてた」

「そっか。それはセイルとタクトに教えてやらんとなっ」

旅から旅へと、常に移動して来たファリマスやリーリルには、この地でゆっくりしながら好きなことができる生活を知って欲しい。

もちろん、二人とも旅が好きで、逆に一所《ひとところ》に留まるのが苦手だった。だから、苦になったならまた旅立てばいいとフィルズは思っている。

「じいちゃんも、ここでは自由に楽しんでよ。飽きたらまた出かけて……そんで、帰って来てよ。じいちゃんとばあちゃんの部屋はずっと残しとくからさ」

「フィル……」

本当は、ずっとここに居て欲しいと思う。大事な人には、目の届く所に居て欲しいから。傍に居なくては、病気になった時、困ったことがあった時にすぐに手を伸ばせない。その不安は嫌なものだ。

リーリルは、フィルズの横髪を編み込みながら、優しく微笑んだ。

「うん。ちょっと出かける時はあるかもだけど、絶対に帰って来るよ。フィルが用意してくれた帰る場所だもの」

流民は、その多くが旅の中で死に場所も探して行く。そして、最期は縁のある人々の傍ではなく、自然の中で自然に朽《く》ちていきたいと願うらしい。それが風のように世界を巡り、通り過ぎる自分達に相応しい最期だと思っているのだ。星空が好きで、大地に寝転ぶのが好きなリーリルならば、そうして死にたいと思っていることを、フィルズは察していた。

魔力の多い長命な流民であるリーリルもファリマスも、まだまだ寿命《じゅみょう》が尽きるのは先だが、それでも、フィルズやクラルスよりも先に逝く。大事な人だからこそ、それを想像して怖くなる。

死に場所を悟らせず、命が尽きるのを察して去る野生動物達のように、ふっと姿を消しそうなリーリルやファリマスに、最も安心して眠れる場所はここなのだとフィルズとクラルスは示したかった。

そんなフィルズやクラルスの想いに気付いているのだろう。リーリルはクスクスと笑いながら、リボンでフィルズの髪を縛《しば》っていく。

「私やファルはねえ。フィルの魔導車で、フィル達と旅をしてみたいって思ってるんだけど？」

「っ、俺と？」

「うん。他の国にも、私達の知り合いがいるから、紹介したいなって。あっ、でも、この間、お手紙を書いたから、彼らが遊びに来る方が早いかもしれない」

「じいちゃん達の友達なら、客室も用意するぜ?」

「いいの?　ふふっ。きっとびっくりするよ。ホワイトちゃんやゴルドちゃんを見て喜びそうだしね」

「貸し出しはできないぜ?」

「なら、いっぱい自慢するよっ」

「ははっ」

そんな話をしていれば、準備は万端《ばんたん》、整っていた。

「さあっ、王子様の完成だよっ♪」

「……すげえ……俺じゃねえ……」

「そんなことないよ。とっても素敵。ほら、ちょっと威厳も出してみて」

「威厳って……?　う～ん……」

一度目を閉じ、フィルズは気持ちを切り替える。そして、フィルズがゆっくりと目を開けると空気が変わる。

「っ……さすがだね……私やファルは古い王族の血も引いているし、そこに由緒《ゆいしょ》ある貴族の血が入ったからか……うん。これならどこかの国の王太子と言われても頷くかも……」

リーリルさえも息を止めそうになる。そんな王族の持つ独特の空気をフィルズは醸し出していた。そう演じようとしても、中々出せるものではないのだが、フィルズにその自覚はないだろう。

「さあ、行こうか」

「ああ」

その雰囲気を崩すことなくフィルズが立ち上がる。すると、リーリルが先に部屋のドアを開けた。エスコートすべき女性ではなく、リーリルは王太子に付き従う侍女か乳母《うば》として頭を下げてみせた。リーリルが演じるならばと、フィルズも望まれるように振る舞うことに決める。

フィルズは静かに、一歩斜め後ろに付き従うリーリルの前に立って歩き出した。その様は、この場を王宮に変えてしまうほどのもの。よって、すれ違ったメイド達は自然に、壁に背を向け、静かに頭を下げて道を空ける。

そうしてフィルズが会場に足を踏み入れれば、誰もが視線を向け、思わず立ち上がる。頭を下げなくてはと思わせる威厳。だが、そこでフィルズは甘く微笑み、片手を少し挙げてみせることで頭を下げようとする皆を止めた。

「構わず続けろ」

「「「「っ……」」」」

皆、小さく頭を下げてそっと椅子に座り直す。カティルラやレヴィリアだけでなく、ファスター王も息を呑んでフィルズを見つめている。その視線を真っ直ぐに受けながら、フィルズは進んで行く。用意されたテーブルを見て、フィルズはセイルとタクトへと目を向けた。

「セイル、タクト、ご苦労だった」

「「っ、は！」」

セイルとタクトは、思わずというように、騎士として忠誠を誓《ちか》う者へ片膝をついて跪いた。

フィルズは、机の上にある生けられた花を見て、柔らかく目を細める。

「花はリュブランか？」

「っ、はい！」

「相変わらず良い趣味だ」

「ありがとうございます！」

胸に手を当て、リュブランは深く頭を下げた。これにうんと頷き、フィルズは静かにメイド長が差し出した自身のマジックバッグを受け取った。

神を迎えるための、会場の仕上げに入る。マジックバッグから取り出したのは、真っ白な四角い箱。蓋《ふた》を貫通《かんつう》して、真ん中から取っ手が一つ出ており、そこを持って取り出した。

それを見て、リュブランが動く。クラルスやフィルズがいきなり演技を始めることにも慣れているため、己《おのれ》の役割も自然と理解しているのだ。

「お預かりします」

「ああ」

リュブランがフィルズからそれを受け取ると、フィルズは会場の中央に足を進め、バッグから小さなテーブルを出した。

白く、脚の部分がカールしていて可愛らしいテーブルだ。通常よりも高く、立って使える高さだ。その机の中央にリュブランは、フィルズから受け取った箱を置いた。そして、蓋を外して底に敷く。

箱の中には、辺のある三角錐《さんかくすい》の杭《くい》のような物が四つ嵌《はま》っている。杭の長さは二十センチくらい。

太さは大人が握れる程度だ。

リュブランがそれを手に取り、使い方を知っているセイルとタクト、それからセルジュが駆け寄ってそれぞれ一本ずつ受け取ると、会場の四方《しほう》、外へと向かって駆けて行った。

何をするのかと気になったファスター王やカリュエル達がそれを見に行く。会場の端でリュブラン達はお互いの場所を確認し合うと、地面に向かってそれを落とした。

「っ、ん？　刺さった……？　あんな軽く落とすだけでこんな深く？」

ファスター王が目を丸くする。杭はすっと地面に吸い込まれるように、三分の一ほどが地に埋まったのだ。

「地面……硬いですよね……」

「うむ……重さもそれほどないように見えたが……」

まじまじと屈み込んで埋《う》まった杭を見つめる親子。カリュエルもファスター王に負けず劣らず、好奇心旺盛《おうせい》なのだ。

「ふふっ。こういうところ、似てる……」

リュブランが父と兄を見て、新しい発見だと笑っていた。そして、そんな二人に、身を屈めて声を掛ける。

「お二人とも。あっちが今から面白いことになりますよ」

「何が起きるんだ？」

「どうなるんだ？」

「ふふっ。見ててください」

フィルズが残された箱の中央の、上へと伸びる取っ手に手を翳《かざ》した。

取っ手には魔石が埋め込まれており、そこに魔力を込めているのだ。一拍後、赤い光が強く宿ると、フィルズは手を引っ込める。取っ手の部分が回転を始めた。

「回って……いる？」

カリュエルが目を細めた。取っ手の下が徐々に伸びていく。そう見えただろう。だが、それは自然に、自動に抜けていたのだ。そして、不思議な音が響く。

フォンっ

完全に箱から抜け、取っ手の部分はプロペラのように回転したまま浮き上がる。少し勢いが付いて不思議な音と共に一メートルほどの所で滞空する。

「っ、飛んだ？」

「飛んでる……」

「っ、ふふっ」

ファスター王とカリュエルが拳を握りながら、キラキラとした目でそれを見ている。その様はそっくりだ。リュブランが思わず噴き出している。

ファァアン

そんな微かな音と共に、リュブラン達が刺した杭の天辺《てっぺん》から淡い赤の光が放たれ、浮き上がった取っ手に向かって行った。光は、取っ手の先に埋め込まれていた赤い魔石に真っ直ぐに繋がる。

四方から光の線が繋がると、それを繋げたまま、取っ手はまた浮き上がる。テントが広がるように、上に布が引き上げられていくように、淡い白い光のベールが現れ、見た目にも引き上げられる布のように見えた。そして、三メートルくらいの高さで止まった。

「問題ないな」

フィルズが満足げに頷く。これは何かと尋ねようとしたファスター王が一歩踏み出したところで、唐突に姿を現した者達がいた。

「やあ。相変わらず素晴らしい結界《けっかい》だねっ」

その姿を見て、ファスター王は足を止め、誰もが立ち上がると跪いて頭を下げた。

「あ～、みんな楽にしてよ。今回はお忍びみたいなものだからね」

「「「「っ……」」」」

いやいやいやという言葉を必死で呑み込んだ一同だが、あり得ないだろうと、興奮と混乱で涙を滲ませながらフィルズへと一斉に視線を送る。

それを笑顔で受け止め、フィルズは告げたのだ。

「ようこそ。リザフト」

「うん。お招きありがとうっ」

「「「「っ!!」」」」

どういうことだと叫ばないのは、日頃の訓練の賜物だろう。それに対してもフィルズは満足げに笑っていた。

主神《しゅしん》リザフトがこうして公爵邸に降臨した。

混乱する周りは放っておいて、フィルズはリザフトの後ろに目を向ける。

そこに姿を現したのはトランとユラン。その手には美しい色の付いたガラス細工《ざいく》のような花を束にして持っている。それをフィルズに駆け寄り、差し出した。

「「お招きありがとうっ」」

「ああ。綺麗な花だ。これは……あの庭にあった花か」

初めてフィルズがリザフトに会った時、教会の祈りの間から呼ばれて行った先にあった、東屋《あずまや》のある庭。そこの美しい湖を囲むように咲いていた花々を束にしたものだった。

「いいのか？」

神界《しんかい》の物のはずだ。こちらに持って来て良いのか、とトランとユランからリザフトに視線を移す。

リザフトは綺麗な笑顔で答えた。

「構わないよ。良かったら、みんなに一本ずつ帰りに受け取ってもらってよ。お家に持ち帰ることはできないけど」

「……ん？　持ち帰れない？」

「うん。人の体に吸収されちゃうんだよ。けど、半年くらい怪我の治りが早くなったり、病気になりにくくなるから」

「……マジか……」

思わず素に戻るフィルズだ。そして、背後では息を呑む気配があった。

「「「「……っ」」」」

身じろぎもせず固まっているお茶会参加者達は、それを聞いて、更に身を固くしているようだ。息をしているかも心配になる。

フィルズの屋敷に住むリュブラン達はまだ平気だ。冷静に、静かに控えていた。実は、この結界の魔導具が完成してから、何度か神達を招いてお茶会をしているのだ。慣れるということはないが、それでもフィルズが居るなら大丈夫だと彼らは信頼している。

とはいえ、神から賜《たまわ》れる物があるということに、誰もが緊張した様子。それをフィルズは背中に感じながら答えた。

「貴重なものをありがとう」

「「うんっ」」

花束を抱える方とは逆の手で、トランとユランの頭を撫でて、フィルズは微笑んだ。そして、魔導具を起動する時に出した中央のテーブルに、マジックバッグから花瓶《かびん》を二つ出し、そこに入れておく。

花はキラキラと輝き、光を放っていた。好奇心で触れようと思えないほど神聖なものを感じるため、近付くことも躊躇《ためら》われるだろう。メイド長もカナルも、受け取って花瓶を用意するという行動さえできずにいたようだ。さすがにそれを責めることはできない。

そこに、今度は金色の毛を持つ大きな熊に乗って、二人の女神が現れた。命の女神であるリューラと、恵みの女神であるマルトだ。

リューラは見た目三十代。優しいだけではない、厳しさも持つ強い光を目に宿した女神だ。少々、好奇心も強く、そして時に好戦的な性格をしている。

恵みの女神であるマルトは、優しげでおっとりとした見た目の四十代くらいの姿をしている。慈《じ》愛《あい》に満ちた瞳を見れば、思わずほっとしてしまう。優しく包み込んでくれるような、母親を思い出させる雰囲気を纏っている。

因みに、リューラ達が乗って来た金の熊は、フィルズが作った護衛用の魔導人形だ。二足歩行するぬいぐるみ型のクマとは違い、言葉は喋らないが、鳴きはするし、こちらの言葉もある程度理解できる知能は持っている。これは、リューラに乞《こ》われて進呈《しんてい》したものだった。

「お招きありがとう、フィル」

「久し振りね、フィル」

「ようこそ、リューラ、マルト」

フィルズは二人の姿が見えたところで、彼女達の方に歩き出しており、横向きに腰掛けていた二人に、手を差し出した。その手を取って熊から降りた二人は、嬉しそうに笑っていた。

「今日のフィルは、とってもステキね」

「いつものあなたも可愛らしくて良いけれど、今日の優雅な感じも好きよ」

「気に入ってもらえたようで嬉しいよ。今日は二人の好きなデザートも用意しているから楽しんでいって。席に案内しよう」

「「ええ」」

ふふふと上品に笑う二人を伴って、席に案内する。既にリザフトとトランとユランは座っていた。一列に並んで座ったリザフト達。彼らが居るのは、会場全体が見える位置だ。

参加者達は視線を感じて固くなっているが、リザフト達は本格的なお茶会というのを見られる、参加できるということで喜んでいるようだ。

中央にリザフト。その右側にトランとユラン、左側にリューラとマルトが座った。そのリューラとマルトの後ろには、金色の熊が寝転び、神の気配を感じたらしいジュエルが飛んで来て、リザフトの肩に取りついていた。

そして、さてと息を吐いてから、フィルズは動かずに居るファスター王達を呼ぶ。

「ファシー、カティ、こちらに」

「っ、ああ……っ」

「っ、は、はい……」

中央のリザフトの向かいにはフィルズが座ることになるだろう。右手側の席にカティルラ、左手側の席をファスター王にすすめる。

「カティの横にお祖母様とお祖父様」

「ああ」

「うん」

ファリマスとリーリルが隣に並んだことで、緊張して倒れそうだったカティルラも落ち着きを取り戻していく。

「ファシーの横に、神殿長と……母さん」

「はい」

「は〜い」

レヴィリアやリゼンフィアに目を向けるが、すごい勢いで首を横に振られたので、今日はやめておくことにした。同じように、ファスター王と共に顔を出したトランダやヴィランズも無理とのこと。彼らはすっと気配を消したように動いて、リゼンフィア達の居るテーブルについていた。そして、お茶会が再開される。

会場中の緊張した空気が抜けないのは仕方がないだろう。だが、このままでは少々鬱陶《うっとう》しい。背中に感じる視線も、戸惑う気配も消えることはないだろう。フィルズは、自分の席につく前に神達用のお茶を淹れる。フィルズが手をかけることで、神達も味を感じることができるのだ。

リュブランやセイル、タクトが給仕を始める。神に対しての緊張はあるが、他国の王への給仕もできるように訓練した彼らにとっては、少しばかり緊張する相手という程度に収まっている。初見のメイド達には無理だろうと、リュブラン達も判断したらしい。

「いい香りだねっ」

リザフトが、手前に置かれたカップから漂《ただよ》う香りに目を細めた。

リュブランは落ち着いた様子で説明をする。

「新商品のローズヒップティーです。美容に良く、健康にも良いと言われております。こちらは、セイスフィア商会の独自配合で、ロットベリーが入っており、仄《ほの》かな甘さと酸味が感じられるお茶でございます」

ロットベリーは、小ぶりのいちごのような実の果実だ。酸《す》っぱさがあるので、ジャムにするのが一般的だ。煮込み料理が主となるこの世界においては、果実はジャムにするのが普通だった。

このお茶会では、品種改良を重ねた甘みのある種を乾燥させ、更に甘みを凝縮《ぎょうしゅく》させたものを使っている。

「へえっ。色も綺麗な赤だし、体にも良いって素晴らしいねっ」

「ありがとうございます。フーマ様とゼセラ様も気に入っておられますので、自信を持っておすすめいたします」

健康ランドのフーマとゼセラが、元は神であることもリュブラン達は知っていた。神々が度々訪れるので、その時に知ったことも多い。ただ、そういったことを吹聴《ふいちょう》しないのがこの世界での常識だ。

加護をもらい、神の姿を見たという者達は、それを口にすることはない。何かを証明するために口にすることはあっても、神に会ったという嘘《うそ》など吐こうとは思わないのだ。

神との距離が近いこの世界では、その姿を見たことなどを吹聴し、神の機嫌を損ねることを何よりも恐れる。反対に、口にしないことで、その幸運を自身の中に留めることができると考えられていた。

未だに、フィルズが祝福を受けた時のことが噂《うわさ》されることもないのは、このお陰だ。よって、このお茶会での出来事も、この場の者達の胸の内にしまわれることになるため安心している。

「あの二人が気に入っているんだっ？　それは本当に体に良さそうだねっ」

「はい。どうぞお召し上がりください」

リュブランが説明している間に、セイルやタクトが、他の者達に配り終えていた。このテーブルだけでなく、他の参加者達にも、メイドが淹れたローズヒップティーが配られていく。

そして、リザフトが口をつける前にと、フィルズが飲んでみせた。それを見て、リザフトは困ったように笑ったが、一応は毒味のようなことをする必要がある。リザフトも分かっているので、文句を言うことはなく、小さく頷いてカップに口を付けた。

「っ、口に入れた時の香りが凄いねっ。うん。甘さもさっぱりしてるっ」

「本当に……っ、花の香りに包まれるようだわっ」

「染み渡るような感じが……体にも良いというのがよく分かるわね」

「「っ、これ好きっ」」

神々はとても気に入ったようだ。

そして、リザフトが目を細め、フィルズに嬉しそうに確認する。

「これが、頼んでいた航海病の解決策？」

この近くには海はない。そのため、フィルズがこの病について気付くことはしばらくないと思ったのだろう。だから、リザフトから直接頼まれていたのだ。

「ああ。野菜や果物がいいんだが、長い航海となると保存が面倒だ。これなら、乾燥させて持って行ける。嵩張《かさば》らないし、口にするのに苦もない」

「うん……レルモが良いっていうのは分かっているけど、それなりに重いしね。生《なま》ものだし、良いって分かっていても持って行くのが大変そうだったんだよね～」

レルモはレモンのこと。この世界では航海病と呼ばれる壊血病《かいけつびょう》の予防については、かつての賢者達によりレモンが良いと教えられていた。それは船乗り達に脈々と受け継がれていたのだが、レルモ《レモン》の使い道が、薬としてしか残らなかったため、生産量が厳しくなって来ていたらしい。

その上、薬だとしても酸っぱ過ぎる。酸味を苦手とする者は多く、これを口にするのは苦痛だったようだ。せっかく買ってもダメにすることが多々あり、荷物として嵩張ることもあって、最近では病気になったらなっただと開き直っているらしい。

命の軽いこの世界では、病や怪我で命を落とすのはそれほど珍しいことではないため、治らないとしても仕方がないと諦める傾向が強いのだ。

「これなら、人の手でも比較的簡単に、問題なく作れる。ただ、薔薇《ばら》がな……国によっては、王家の象徴《しょうちょう》だってところもあるし、逆に良くない植物だと忌避《きひ》する国もあるから、受け入れられない場合もある」

「そこはもう、仕方がないよ。教会経由……大聖女の商会経由で頼むよ」

言葉の半分は神殿長へと向けられていた。これにしっかりと神殿長は頷いた。

「承知しました」

大聖女レナの経営する大商会は、化粧品などの扱いもあるため、そちらの方面からも売り出せそうだ。

「なら、レナ姉とその辺は話し合うよ。もう少ししたら、レルモの果汁《かじゅう》を粉末にした、手軽に飲めるジュースもできるから、そっちも」

「果汁を粉末に？　そんなことできるんだ。うん。試してみてよ。きっとフィル君なら美味しくできるんでしょう？　また飲ませてね」

「ああ」

そんな話をしていると、次にケーキが運ばれて来る。もちろん、神達の分は、フィルズが作ったものだ。長いお皿に、一口大のケーキが五つ並んでいる。それらは色も見た目も違い、可愛らしい。

「うわ〜。綺麗で可愛らしいね。全部種類が違うの？」

これもリュブランが説明していく。

「はい。こちらは、チーズケーキです」

「チーズケーキっ！」

「まあっ。わたくし達大好きよっ」

リューラとマルトが目を輝かせた。二人は、フィルズが作ったチーズケーキが大好物だった。

「右側から、まっちゃ、コーヒー、ベリー、ブリュレ、スフレとなっております」

「っ、全部味が違うのねっ？」

「はい。どうぞ、お召し上がりください」

嬉々としてフォークを手に取るリューラとマルト。

「『美味しい！』」

「んっ、これは面白いねっ。チーズケーキでもこんなに種類があるんだ～」

「『っ、これも好きっ！』」

神々が絶賛するならと、会場の者達も配られたケーキを口にする。そして、その美味しさに、多くの者が悶《もだ》えていた。お陰で、緊張感は抜けたらしい。

神殿長やクラルスの口添えもあり、ファスター王達とリザフト達の会話も成立するようになった頃。甘い物を食べながら機嫌良く笑みを浮かべていたマルトが、フィルズへと声を掛けて来た。

「そうだわ、フィル。あなたや……あの子の手がけている農耕地だけれど」

あの子と言って目を向けたのは、レヴィリアだった。

「レヴィとやってる所？」

盗賊に身を落とした隣国の者達が、罪を償うための奉仕活動として、セイスフィア商会が主導する農地開発を行っている。荒れ果てた元男爵領を開拓中だ。そこのことだろう。

「ええ。あそこ、人が居ればもう少し広げられるかしら」

「ん？　まあ、そうだな。あいつらは半分研究をさせてるからさ。あれ以上手を広げるのは無理なんだ。広げるなら、人も雇う必要がある」

「なら、抜け出して来てる子達を使ってみてくれるかしら」

「抜け出して来てる……ああ、あの人らか」

マルトが困ったような顔で申し訳なさそうに告げる。

「いよいよダメらしくて……」

「……ドラスリールだな」

「っ……」

ファスター王が反応する。ドラスリールとは、辺境伯領と隣り合う国のこと。不用意に魔獣の氾濫を起こした過去があり、フィルズも多大な迷惑を被った。レヴィリアが介入した隣国とは別の方向で厄介な国だ。

そしてマルトが言う通り、その国から民が逃げて来ているのだ。リューラも渋《しぶ》い顔で口を挟む。

「あの国の子達はもう、生まれた時に付ける証《あかし》程度の私の加護しかないから」

「ああ……教会がないんだったか」

「ええ。だからあの国はもうダメね。加護を持つ人がその土地に居ることによって、私達はその加護を通して、世界に力を行き渡らせているのだけれど、それができない状態だもの」

「「「「……」」」」

誰もがこの事実に驚き、動揺する。神殿長さえ、知らなかったような顔をしていた。だがこの時唯一、リーリルだけは真剣な顔でリザフト達を見ていた。

「……それ、こんな所で言っていいのか？」

フィルズの疑問に、リザフトが頬杖をついて気楽な様子で告げる。

「構わないよ。昔はそう教えていたからね。加護を与えるってことは、私達の使徒《しと》として在るものと心得《こころえ》よ～！　ってねっ」

「はあ……」

それはまた、頭の固い奴らばかりになりそうな考え方だと、フィルズは嫌そうな顔をする。それを見て、フィルズの心情を察したのだろう。リザフトは笑う。

「ふふふっ。まあ、ご想像の通り？　ものすっごく鬱陶しい感じに拡大解釈《かいしゃく》したり、都合良く解釈したりしてね～」

何をおいても神のご加護のお陰。その解釈しかなくなり、小さな親切もその人ではなく神の思《おぼ》し召《め》しとなる。そうなると、不満が沸々《ふつふつ》と出て来る。そして、解釈を自分本位のものにする人々が出るのに時間はかからなかった。

「その変化は面白くもあったけど、加護の強さで偉ぶったり？　他人と比較して色々と面倒なことになって……この子達にも要らない苦労をかけちゃって……」

《クキュゥ？》

リザフトは自分の傍で机の上に座り、焼き菓子を頬張《ほおば》っていたジュエルの頭を撫でる。その目は寂しそうに見えた。心から、悪かったと思っているのだろう。

本来ならば、ジュエルをはじめとする三体のドラゴンは、それこそ神の遣《つか》いだ。大陸を創り上げるという役割を終えた後は、人々と穏やかに共存していって欲しいと神々は思っていた。だが、彼らは人に失望し、姿を消さざるを得なかった。

「だから、加護を付けることによって、私達が世界に干渉《かんしょう》しているというのは、今はほとんど知られていないかな。けど、知ってる子も居るんだ」

「……」

そうして、リザフトが目を向けたのは、リーリルだった。リーリルは目を伏せ、胸に片手を当てて小さく頭を下げた。それは、確かに知っているということを示してもいた。なぜかと周囲が問いかける前に、リザフトが続ける。

「彼の先祖は最初の……国を創った英雄だ。私達が認めた王族の血を引いているからね」

「「「「っ!!」」」」

目を丸くし、息を呑む一同。誰もがリーリルへと視線を向ける。だが、リーリルの表情は変わらなかった。それは、全てを知っていたからだろう。

「今、流民と呼ばれている者達の多くは、その国の王族の血を引いているんだよ。今でも、私達の言葉を真摯《しんし》に受け止め、役割を果たそうとしてくれている……」

リザフトは少し、申し訳なさそうな顔を見せる。これに、リーリルが静かに答えた。

「それは我々の誇りです。我々を通して、神々が世界に干渉される……世界中を旅することで、我々を通して世界を見ておられる……それを思えば、我々は生きることを諦めないで済む……」

「……君達を縛りつけたのは……」

「いいえ」

リザフトの言葉を、リーリルは即座に否定した。これには、周りもさすがに顔色を変える。神の言葉を否定するなど、本来できるものではないのだから。

しかし、リーリルはそのまま続ける。

「国を創り、戦いを教えた……多くの争い事の火種となるものを生み出して国を亡《ほろ》ぼした……それを罪だと感じたのは、我々の先祖です。神々はそれを断《だん》じなかった」

「当たり前だよ。賢者をこの世界に呼ぶことを決めたのも私達だ。そして、国として王として在れと口にしたのも私達なのだから。その結果は私達にも責任がある」

リーリルの先祖は、神に与えられた国を亡ぼしてしまったことに罪悪感があった。けれど、それを神は認めなかったようだ。自分達にも責任はあるのだと言って。

「それでも……与えられた大地を荒廃《こうはい》させたこと。多くの民達が加護の力を自身のものだとして振るったこと……それは我々の先祖の過《あやま》ちです。そう我々が判《はん》じたのです。そして、それを赦《ゆる》すのも自分達だとしました。神々のお手を煩わせることもないと」

「……君達は……そう……君達はそうだった……そういう君達だからこそ、私達は……」

リザフトだけではなく、リューラもマルトも哀しそうに目を伏せた。

リザフト達にあるのは後悔だ。だが、リーリルにあるのは、それでもと頑《かた》なに、その神達の想いを否定するもの。

恐らく、ずっとこうして平行線を辿って来たのだろう。神はリーリル達にもう己を赦してやれと言い、リーリル達は、神の想いを裏切ったことを赦せずにいる。

彼らを見ている内に見えたものを、フィルズは口にした。

「じいちゃん達は、リザフト達が間違えたってことを認めさせたくないんだよ」

「……っ」

はっとして、リザフト達はフィルズに目を向ける。

「リザフト達が自分達を王に選んでくれたことが嬉しかったんだろうな。だから赦せないんだよ。信頼を裏切ったと思ったから」

「っ、そんなっ」

フィルズはリザフト達と付き合うことで、分かったことがある。それは、やはりリザフト達は神だということだ。人としての考え方や感じ方を理解できていないところがある。人の立場から神を見た時の感じ方なんて、彼らに分かるはずがない。生きる時間も違うのだから、感覚的なズレが出るのは仕方がないことだ。

だから、フィルズは遠慮なく思ったことを口にするようにしている。そこで、リザフト達の方にも気付きがあったりするのだ。神々はそれを楽しんでいる。

「これは、リザフト達には理解しづらいかもな。だから、いいんだよ。じいちゃん達が納得するまで放っておけば」

「え……？」

それはあまりにも無責任過ぎるのではないかとリザフト達は目を丸くする。しかし、リーリルは目を細めて微笑んでいた。

「この生き方がじいちゃん達には必要なんだ。言ってたろ？『生きることを諦めないで済む』って」

「……うん……」

「リザフト達はさあ、じいちゃん達が『この罪！　死んでお詫《わ》びします！』って言って死んだらどうよ」

「嫌だよっ！」

「そんなこと許さないわっ」

「止めますわ！」

リザフトだけでなく、リューラとマルトも叫ぶように否定した。

「な？　だからこれでいいんだよ。それに多分さ、じいちゃん達はリザフト達が大好きなんだ」

「……私達を？」

「ふふっ」

リーリルが嬉しそうに笑う声が聞こえた。口元に指を添えて笑う様子は、見惚れてしまうほど綺麗だ。

「「「っ……」」」

それはリザフト達、神までも見惚れてしまうくらい魅力的だった。想いに気付いてくれたという喜びに溢れたものだったからだ。

「じいちゃん達を通して『世界を見ている』んだろ？」

「うん、そう……」

「そうね……」

「そうよ……？」

「だったら、それって一緒に旅してるようなものじゃね？」

「あ……」

「……そう……なるわね……」

「ええ……」

まさかと神達も気付き始めたようだが、まだ確信していない。これに、フィルズは苦笑する。

「ったく、鈍いなあ。だから、じいちゃん達はリザフト達と旅してるのが楽しいんだよ。こんな世界になっているよって見せてさ。『創ってもらった世界が、今はこうなりましたよ』って」

「……」

流民達は、あえて荒廃してしまった国や、戦乱に巻き込まれた人々の下へと足を伸ばす。そうして、世界の現状を神々に見てもらうのだ。そうして歌で過去を語り、人々の心に訴えかけ、変化の兆《きざ》しを与えられる人物を見出す。それを正しく神が掬《すく》い上げていく。消えてしまう舞や技能を身につけ、過去の技術を繋いでいく手伝いもする。

「忘れてないんだよ。王族ではなくなったけど、もう一つの役目である正しく『神の使徒』であることを守り、誇りにしてるんだ。それを生き甲斐にしてるんだよ」

「……っ」

リザフト達がリーリルに、再び目を向ける。それを受けて、リーリルは目を伏せ、胸に片手を当てて頷く。

「罪を償うためとか言ってるけど、最初に与えられた『神の使徒』って役目を正しい形でずっと持っていたいからなんだと思うよ」

「……そんなっ……もう誰も覚えていないのに……っ」

最初の神の想い。それを、リーリル達はずっと守って来たのだ。せめて、その想いだけはと。

「じいちゃん達にとっての赦すってことは、その役目を解かれるのと一緒なんじゃねえかな」

「っ……君達は、本当にどうして……っ」

リザフトは片手で目元を覆って俯き、リューラとマルトは泣きながら、リーリルに抱きつきに行った。

「忘れてくれても良かったのにっ」

「っ……ごめんなさいっ」

「いいえ……これが我々の神々への愛し方ですから」

「っ……」

リーリルは照れ臭そうに笑い、その想いを受け止める。

「でもっ、だって、そのために戦場に行って命を落とす子も居るのよっ？」

「そうよっ。危ないから行かないでって言っても聞いてくれないじゃない……っ」

「現地に行かなくてはお見せできませんから。ですから、体も鍛えています」

「「そういう問題じゃないのっ！」」

「ふふっ」

「「笑い事でもないいっ！」」

リューラとマルトは、リーリルに抱きついたまま、今度は怒っている。しかし、リーリルは幸せそうだ。温度が違い過ぎてフィルズは笑えてきた。

「ははっ。リューラ、マルト。それじゃあ、逆効果だよ。じいちゃん喜んでるじゃん」

「なんでよっ！」

「なぜなの⁉」

「心配されてるからな。ちゃんと、見捨てられずに目として、神の使徒としての役目ができてるって知れたから？」

「「っ‼」」

「ふふっ」

思わぬところで確認できたとご機嫌だ。これに、フィルズは呆れる。ついでにその隣のファリマスの表情も見てため息が出そうだ。

「じいちゃん。喜び過ぎ。あと、ばあちゃんが嫉妬してる」

「えっ♪」

「つ……私は別に……」

リーリルが更に喜色を浮かべて隣に顔を向けた。そこで、不服そうなファリマスと目が合ったようだ。すぐにファリマスの方は目を逸らしていたが、きちんと嫉妬している様子は見られたのだろう。これを見て、リューラとマルトが申し訳なさそうにして離れる。

「あ、あら。ごめんなさいね」

「失礼したわね」

「……いえ……」

ファリマスが気まずそうだ。リーリルは嬉しそうにファリマスの横顔を見つめている。

「ほんとに仲がいいよな……はあ……んで、どこまで話したか……ああ、そうだ。だから、リザフト達はさあ、気にしなくていいんだよ。これは罰《ばつ》だって、喜んで戦場にも突っ込んで行くのは止められないだろ？」

「うん……」

「そうね……」

「止められたことはないわ……」

「それで幸せなんだから、いいじゃん。そういう幸せを感じることって人によるんだからさ。もうそういう人種だってことで受け入れてやれよ。まあ、それも微妙だけど」

「「「……」」」

それはどうなのだろうと複雑な顔になるのは、人も神も同じらしい。

微妙な空気が漂う中、フィルズはファスター王へ目を向けた。

「なあ、ファシー。隣どうする？」

「隣……ドラスリールか？　どう……とは？」

隣国をどうするかと、突然話を振られたファスター王は、フィルズが何を言いたいのかを必死で考えているようだった。そんな彼へ、フィルズは何気ない様子で告げた。

「亡ぼしてやるのもありかもしれないってことだよ」

「っ……」

「あそこの王家はきっと変わらない。あのままだ。自分達さえ満足できて、国っていう入れ物の体《てい》裁《さい》さえ整っていればいいって考えしかない。民のためになんて、死んでも考えないだろう……」

フィルズはすぐにファスター王から目を逸らし、どこか寂しそうにそう口にする。その様子に、ファスター王は何も言えなくなった。

「……」

ふっとフィルズは軽く息を吐くと、セルジュの傍に居るクルフィを呼んだ。

「クルフィ。あの国の隠密ウサギからの映像を出してくれ」

《すぐにまとめます》

「ああ」

クルフィは、腰に付けているマジックバッグから四角い黒いキューブを取り出し、フィルズに差し出した。それをフィルズは机の上に置き、魔力を込めて起動した。

「【起動】」

黒く見えたキューブの外側は、四角い形の透明な板によって覆われていた。中にある小さな黒いキューブが、覆いごと押し上げるように真上に浮き上がり、テーブルから三十センチのところで上昇を止める。

するとキューブの中心から光が漏れ出た。まるでルービックキューブのように、更に小さな立方体の集合体であったことが、それで分かった。光がミゾから漏れているからだ。

そして、小さな立方体は、光る核から逃げるように放射状に離散する。しかし透明な覆いの内壁に触れる寸前で、上下左右一センチずつの間隔を空けて動きを止めた。

強くなる光は一度キューブの上部に収束する。それから、徐々に光がキューブの側面へと降りて来ると、それを囲んでいた透明な覆いが光を浴びて白くなり、その板の四面に映像が映し出された。

「っ、なにこれ……っ、賢者の……てれび？」

「ああ。当時は、距離のある通信が上手くいかなくて、頓挫《とんざ》したんだってなあ」

リザフトが興奮気味に頷きながら、食い入るようにその映像を見つめる。今は、隣国との国境の壁が映っており、段々とそれが近付いて来る。隠密ウサギからの映像なので、視点は低い。けれど、かなりの速さだ。側面の四面ある映像は、全て一緒だった。

「録画映像？」

「そう。クルフィが編集してる。それを転送してるんだ」

「すごいね……あっ、中に入ったっ。え？　飛んだの？　壁を走った？」

あり得ないカメラワークに、ちょっと酔《よ》いそうになる。隠密ウサギは壁を軽《かろ》やかに登り、スルスルと国の中へと入った。

「……吸盤《きゅうばん》付いてるの？　あのウサギさん」

リザフトも目を丸くしていた。

「いや、魔力で手足が吸着するようにしてあるんだ。アレだよ。『どこでも登り隊』の特殊能力魔法」

賢者が居た頃は、魔力を自力で変換して、魔法として打ち出すことができていた。その中でも、稀《まれ》に特殊な特定の魔法が得意な体質の者が居た。

その一つが『どこでも登り隊』という者達だ。クライミングやボルタリングのように、登ることを趣味としていて、魔力で体の一部を吸着させるという能力を持っていた。その力を魔導具として作り上げたのだ。

「……あの子達の能力……魔導具にできたの……？」

「まだ完璧じゃないけどな。出力に対しての体重制限があるんだよ。だから、体の軽い隠密ウサギには付けられたってだけ。出力上げ過ぎると切り替えが上手くいかなくてさ」

「あ、うん……相変わらずだね……アレを魔導具にとか、どれだけ細かい魔法陣なのかな……」

「ん？　コレ」

フィルズはマジックバッグから出した手帳の特定のページを開いて見せる。そこには細かく書き込まれた魔法陣が描かれていた。

因みに、このノートは魔法陣の記録用で、間違って発動しないよう、魔力を通さない魔法陣が表紙と裏表紙に描かれていた。リザフトだけでなく、リューラとマルトも興味を持ってそれを覗き込む。そして、揃ってうっと息を詰まらせた。

「っ、細かっ」

「一度描いたら、二度と描きたくないわね……一度でも嫌になりそう……」

「描くのに、一時間はかかるのでは？」

三人とも、細かく神経を使う作業は好きではなさそうだと、その表情から分かった。

「うん。一つ描くのに一時間はかかったな。大分、慣れたから、今はちょい早くなったけど」

「フィル君らしいね……」

「そういうところを見込んだのだったわ……」

「甘く見ていました……」

この細かい作業も嫌がらずにコツコツできてしまうフィルズだからこそ、愛し子として選んだのだったと、改めて認識したようだ。

「それで？　これが今のあの国の現状？」

「ここひと月の調査映像のはずだ」

「へえ……」

リザフトは目を細め、少し苛立ちを見せていた。それも仕方がない。最初に映ったのは、普通に生活しているだけのはずだが、決められた通りの生活なのか一つの笑顔もなく淡々と動く人々。子どもの笑顔さえもなく、見張りが居るのか、何かを失敗した者を責め立てる者達が居り、それを冷静に周りが見ていた。

ファスター王が目を丸くして確認する。

「……騎士学校か何かか？」

「いや、これがあの国の一般的な町の風景らしい。規律が厳しいんだってさ。犯罪が極端に少ないんだけど、行動の制限があってな……あと、間違いなく思考誘導されてる」

「それ……洗脳では……」

見ているのも気分が悪い。リゼンフィアやレヴィリアもこれを遠目で見ているが、顔色が悪かった。

「本人達はそれに気付いてないから、不満も出ない。気付かないから誰もおかしいと声を上げない。声を上げようとした時点で口封じされるけどな。統治しやすいだろうぜ」

「……こんな……こんなものは国ではない……っ」

ファスター王の顔には、はっきりとした嫌悪があった。

それを見ながら、フィルズは頬杖をついて何気なく告げる。

「この国でも同じようなことになってるじゃん」

「っ、こんなことがあるはずがっ」

「あるだろ。『貴族の女はこうあるべきだ』って。『貴族の親子はこれが普通だ』って」

「「「「っ!!」」」」

ミリアリアも含め、王侯貴族関係者だけではなく、メイド長やカナル達までもが息を呑んだ。

「あれも洗脳してるようなもんだろ。『そうあるべき』って上から押し付けてんだから。それを当人も教える方も気付かない。教育ってさ、難しいんだよ。極端な話、『勉強しろ』って言葉だけでも、思考を押し付けて抑え付けてるようなもんだ」

「……それは……子のために……」

映像の中では、子ども達がふざけることもせずに、きちんと揃った机と椅子について、同じ姿勢で字を書く光景が映っていた。持ち物さえも同じ。ペンの持ち方も同じ。本当に気持ちが悪い。

個性まで潰すその光景に、フィルズは思わず顔を顰めた。そして、ファスター王の言葉に答える。

「確かに、子どもが将来苦労しないために、恥をかかないように育てたいって思うのは、親として当たり前に持つ考えなんだろうけど……それで潰される可能性もあるんじゃないかって思うんだよ」

「……」

「リュブランやここに居る奴らは、そうやって潰されたものがある。今と前を比べてみれば分かるだろ」

「……ああ……」

「個性って、育つ環境で変わるけど、そいつに見合った環境を用意できないと表面化しないものもある。それが何となく分かってるから、大人は少しでも将来が拓けるように勉強を強要するんだろ？」

「そう……そうかもしれない……」

ファスター王達は、少し考え込んだ後、再び映像へ目を向ける。

ドラスリールには貧富《ひんぷ》の差があるのだろう。今は、虚《うつ》ろな目をして路上や家の中で座り込む人々が映っている。それを目に入れようとせずに、目の前を通り過ぎて行く者達に怒りが湧く。

村や町によっても、その生活環境の差ははっきりとしていた。そして、今は煌《きら》びやかな王宮の前の広場で、現れた王族らしき者達に熱狂的に手を振る兵士達の姿。その目には、狂気があった。

「行き過ぎた強制の結果があれだ。はっきり言って異常者の集まりにしか見えねえ。俺らはまだ自由だったんだって感じる」

「ああ……あれは異常だな……私には、あの前に立つ勇気はない」

「気持ち良さそうな顔してるけどな」

「……」

熱狂され、支持されていることがバカでも分かる状況に、王族らしき者達は愉悦《ゆえつ》の表情を見せている。

「気持ち悪い」

フィルズは、はっきりと言葉にした。

「もういいぞクルフィ」

《はい。終了します》

「ああ。資料映像として保存はしておいてくれ」

《承知しました》

事実として残すことは必要だとフィルズは判断した。映像を流していたキューブが光を消し、静かにテーブルに降りたのを見ながら、次いで大きく息を吐いて、口を開く。

「さて難題だ。あそこまで洗脳されてる奴らには、俺らにとっての正論が通じるとは思えない」

「……確かに……」

「「「「……」」」」

誰もが重く息を吐いた。しばらく沈黙が続き、お茶会の参加者達までも真剣に解決策を考える。

そんな中で、ぽつんとユラン、トランが呟いた。

「「擬似体験させる」」

「っ、擬似体験……？」

そうして二人は、フィルズに分厚く古い資料を差し出す。それを受け取り、一枚めくった先に出て来た題名にフィルズは目を丸くした。

「『Virtual《バーチャル》 Reality《リアリティー》』……VRかっ」

かつての賢者の心は、間違いなく自由だったのだと感じられる発明だ。

トランとユランが真っ直ぐにフィルズを見て提案する。

「夢に干渉する」

「映像を転送する」

「私達でやるっ」

「僕達でやるっ」

その目には、好奇心と期待があった。

「トラン、ユラン……これ、使えるタイミング探してたな？」

「「……そんなこと……ないよ……」」

「……」

目が逸らされた。間違いなく図星だろう。じっと見つめていると、耐えられなくなったらしい。

プルプルと微かに震えながら白状した。

「できたら楽しそうだったから～っ」

「見てみたかったから～っ」

「ん？　ああ、当時は完成しなかったのか」

「「うん……」」

資料を最後までパラパラとめくり、確認すると、上手くいかなかったというのが分かった。恐らく、これはその賢者の趣味みたいなものの延長だったのだろう。最後の名前のサインを見て理解する。

「これ、テレビを作ろうとしてたのと同じ奴か」

「そう。映画館作った！」

「演劇さつえい？　した！」

「なるほど。録画までは大丈夫だったしな。リアルタイムの放送まではできなかっただけで」

「「うんっ」」

キラキラとした目で、その時の感動を思い出しているらしい二人。そこにリザフトが口を挟む。

「それね。ほら、さっきの映像みたいに、自国の映像が撮られて見られちゃうと、防衛に問題が出るからって、危険視されちゃったんだよ」

「そうだろうと思った……今より、もっと国が多かった時代だもんな」

「ちょっとしたことで、すぐに国家間の戦いになっていた時期だったから、間諜《かんちょう》にスカウトされたり、暗殺されそうになってたり……」

結局その賢者は逃亡生活をするしかなくなったようだ。

「その研究も途中になっているのは、この世界にはまだ早いって思ったからだろうね。せっかく発展させるための知識を出してくれていたのに、そうやってセーブする羽目になるってことが多くて申し訳なかったよ……」

「先進的過ぎたんだろう。仕方ねえよ。俺も手探りでしてる状態だしな」

「……え……？」

リザフトが信じられないという顔を見せる。

「ん？　なんだよ」

「いや……え？　セーブ？　加減してるの？」

「してるけど？」

「……」

リザフトが周りに目を向けて、目で会話する。

『え？　セーブしてる？　本気？　セーブしてると思う？』との動揺交じりの問いかけに対し、クラルスとリーリル、ファリマス以外の者達は『あれで加減してるとは思えません！』と首を横に振ってみせている。

もう、相手が神だとか主神だからとか関係ない。一緒にフィルズの非常識に向き合う仲間だ。神殿長だけは、慈愛に満ちた表情で手を組み、静かに首を横に振ってから頷いていた。『現実を受け止めましょう』と。

そんな周りの無言で成り立つ会話など気にせず、フィルズは得意げに笑う。

「コツは、楽しさと驚きをセットで突き出すことだ！　不安要素を感じさせないようになっ。これで多少の理解できないものでも、なし崩し的に受け入れさせることができる！」

「力業《ちからわざ》だった！」

リザフトは、ファスター王や神殿長を気の毒そうな目で見た。無理やり非常識を受け止めさせられている人達に同情した。

「あとは、何かあった時に味方になってくれるように、円滑《えんかつ》な人間関係を周りに作ることと、早急にそれの価値を高めることだなっ。『良い物だ！』って多くの人に思わせられれば、否定的な意見は出にくくなる！」

「思ってたより、ガチで商売人だった!?」

「褒めんなよ～」

「そんなつもりなかったけど!?」

リザフトの呆れ半分、驚愕半分の言葉を、フィルズは褒め言葉として受け止めていた。

「まあ、任せろ！　あれだろ？　ある意味で俺達がやることも洗脳になるかもだから、黒寄りのグレーゾーンだけど、そう認識させなければいいんだ。何とかなるってっ」

「堂々と宣言すること!?　洗脳はダメだよ!?　それも黒寄りの自覚あり!?」

「ふっ。傷は付けねえよ」

「そういうことじゃないからね!?　カッコ良く言ってもダメなものはダメだよ!?」

「はっ」

「なにその笑い方っ。『止められるもんなら止めてみろ』的なやつだよね!?　既に止められる気しないけど!?」

鼻で笑うように自信ありげなフィルズの様子に、リザフトは早くも心が折れていた。フィルズにとっては、いつものこと。周りが目を丸くしていてもお構いなしで決定していく。

彼は既にVRを使ったドラスリール攻略の作戦を立てているらしく、確信を持って話していく。

「考えてみろよ。『ざまあ』ってさ、相手に後悔させるなら、まずは同じ土俵《どひょう》に立たせないとダメなんだよ。ある程度同じ価値観を教えないと効果がねえの」

一方が絶望的な状況だと思っていても、相手にとっては大したことがないのでは意味がない。フィルズ達がドラスリールの民を説得するには、まず自分達が酷い状況にあると彼らに認識させなければならないということだ。

「勘違い野郎にいくら説明しても理解できないように、洗脳を解くだけでこっちが疲れるだけになってたら意味がねえ」

　フィルズはいっそ清々《すがすが》しいほど悪巧《わるだく》みをするように黒い笑みを浮かべる。

「洗脳ってのは、凝り固まってこびりついた固定観念ってことだろ？　そういう汚れは剥《は》ぎ取ろうとすると気付かれるから、洗剤で知らん間に溶かすのが有効だ」

　無理に否定すると、人はどうしても反発したくなるものなのだから仕方がない。相手に警戒させる前に、するっといくように仕掛けるのがコツだ。

「『他国の暮らしはこうなんだぞ！』って言うより『こんな暮らしもあるんだけど、お宅はどうなんです？』って入る方が警戒されないだろ」

　リザフトは今のやり取りで一足先に作戦内容が分かったようで、眉間《みけん》に皺を寄せる。

「……うん。考えてる内に入り込むスタイルだね。聞いたことあるよ。それ、セールスマンのやり方だね……」

「はっはっはっ。気付いた時には家に上がり込んでるぜ！」

「冗談で言ったのに当たってた!?」

「こんなん、基本だろ」

「どこの!?」

「商売人と貴族って似てるよな～」

「ここだった!!　みんな納得してる!?」

　クラルスや神殿長、ファスター王達だけでなく、会場の至る所でやるやる、あるあると頷く者は多かった。

「どうだ？　分かったか？　これは正攻法だ。だから問題なし！」

「怖いっ！　知らない内に壺《つぼ》買わせる人達ばっかり!?」

「そうとも言うな」

「否定して!?」

ニヤリと笑うフィルズに、リザフトは引いていた。もちろん、口を挟まずに話を聞いていたリューラとマルトも顔が引き攣っている。しかし、トランとユランはワクワク顔だ。期待しているらしい。

「まあ、そこは冗談として……」

「どこ!?　どこが冗談!?」

すっかりフィルズに転がされるリザフトの姿を見て、周りは微笑ましげに目を細める。内心楽しい主神様だと喜んでいた。

親しみやすさが一気に広がり、この日を境にこの場に居る者達から神々への想いが強くなっていくのだが、今は、それは横に置いておく。

「母さん、じいちゃんやばあちゃんも協力してくれね？」

それまで、この場の空気を気にせずにゆったりとお茶を楽しんでいたクラルス達は、やっと声がかかったと笑みを浮かべた。

「やっと出番ねっ。任せて！　何でも演じてみせるわっ」

「ふふっ。楽しそう。変装する？　どんな人にでも変えてみせるよ」

「あの国のことはどうにかしたいと思っていたからね。作戦を聞こう」

やる気満々だ。フィルズは満足げに頷き、宣言する。

「おうっ。ある意味、これは俺らの独壇場《どくだんじょう》だ。楽しもうぜっ」

「そうねっ！」

「ふふっ。楽しそう」

「任せときな」

「よし！　俺らのやり方で、国一つ落とすぞ！」

「「「おおっ～」」」

「「「「……」」」」

これは冗談では済まされないかもしれないと、周りが気付いた時にはもう手遅れだった。

ミッション⑧　変わるきっかけを与えよう

その日、その国の民達は、大人も子どもも全ての人が同じ夢を見た。

それは平和な農村に生まれた子どもの日常。

「おはよう。よく眠れた？」

『っ……うん……お、おはよう……』

「ふふっ。さあ、今日はいい天気よ。ご飯を食べたら遊んでいらっしゃい」

『っ、うん！』

母にそんなことを言われたことはない。けれど、ここではそういうものだと受け入れられた。

「っ～……ちゃ～んっ、あっそびましょ～」

「ほら、お迎えが来たわ。気を付けて行ってらっしゃい」

『え……あ、うんっ！』

十歳前後の十人ほどの子ども達が待っていた。手を差し出して来た女の子と自然と手を握り合っていた。

「きょうは、なにしようか……あっ、かわに、おふねをうかべて、きょうそうしようっ」

『お舟？』

「そうよっ。はっぱでつくるの」

「オレがおしえてやるよっ」

「ほらいこっ」

『っ、行くっ』

楽しいという感情が溢れ出る。ずっと何かを、やらされて、やらなくてはと思って押さえ付けられて来た、もやもやとした嫌な感情が胸に渦巻いていた。けれど、忘れて良い。そんなことは気にしなくて良いと何かが訴えて来る。

「わあ〜っ、みて！　はやいはやいっ！」

『あははっ、あっ、引っかかるっ、あっ、いけたっ』

「あぶなかったなあっ」

『あははっ』

夕方まで目一杯はしゃいで、他の子ども達と手を振って別れる。それだけはしゃげば、周りの大人に煩いと怒鳴《どな》られることもあったはず。いつもは不機嫌そうな大人達が、なぜか優しい目をしており、一瞬不思議に思ったけれど、そんなことは気にする必要はないのだと思い直す。

そして、家に帰って来ると、優しい笑顔が迎え入れてくれた。

「お帰りなさい。楽しかった？」

遊んで来たという罪悪感が湧いた。身なりも確認していない。服を汚していたら外で水浴びして、自身で洗わなくてはならない。けれど、そんな焦りもすぐに霧散《むさん》する。

目の前で、優しく目を細める母親は、どんな楽しいことがあったのかと聞きたそうにしているのだ。答えなくては、教えなくてはと、それを話せることに自然と嬉しさが胸に広がる。

『っ、うんっ。草で、舟を作ったんだ！』

「まあっ。今度作って見せてちょうだい」

『わかったっ』

「ふふっ。さあ、お夕飯にしましょう。手を洗っていらっしゃい。うがいも忘れずに」

『うんっ！』

うがいって何だろうという疑問は、すぐに当たり前のように流れて来た知識で理解する。そして、優しく頭を撫でてくれる感覚。それがとても嬉しくて幸せだと。こんな日々が続けば良いと願いながら息を吐くと、ゆっくりと目が覚めた。

「っ!?　え？　あれ？　なんか……」

涙が溢れた。胸がいっぱいで、ふわふわとした感覚。それを忘れたくないと思った。

その日から数日、同じような夢を見た。しかし、誰かに口にするのは憚《はばか》られた。他人と違うのは、この国では良くないこと。けれど、態度には出るものだ。多くの者がゆったりと、他人にも自然に手を貸したりして、穏やかな雰囲気が始終《しじゅう》あった。

数日後に見たのは、冒険者となった者の日常。

「そっち行ったぞ！」

「いいかい？　あの木が……赤い実が揺れたら射《い》るんだ」

『わかった……』

ドキドキと心臓が高鳴る。緊張で弓を持つ手が震えそうになる。呼吸が浅くなっていく。弓なんて持ったことないのになという思いがふっと浮かぶが、すぐに消えた。そして、音が近付いて来た。

「来るぞ」

「よく見ておきな。外しても構わん。気負わずいけ」

『わかった……っ』

次の瞬間、赤い実が揺れた。それと同時に大きなピッグボルアが飛び出して来る。それを確認するよりも早く、指示された通りに矢を射った。

ビギャアアアっ

前足の付け根に刺さったことで、相手の動きがブレる。その隙を逃さず、仲間の冒険者達がトドメを刺しに駆けて行く。そのまま飛びかかり斬り倒した。

「ふい～、大物じゃねえか」

「やったねえ。今日はご馳走《ちそう》だ。肉は少し残さないとね」

『食べられるのか？』

「当たり前だろう。これが冒険者の醍醐味《だいごみ》じゃないか」

『っ……そうだな』

日々の糧《かて》を、その手で稼ぐ。それは大変なことだけれど、楽しみもある。ピンと張り詰めた緊張感はいっそ心地よく、仲間と共に倒したことは誇らしい。ギルドに入ると、他の冒険者達が気軽に声を掛けて来る。

「おっ。帰って来たか。どうだった。今日の狩りは」

「どんな依頼を受けたんだ？」

「あんま無理すんじゃねえぞ？」

そんな声掛けは、どこかくすぐったく、自然と笑顔になる。

「ピッグボルアを狩ったのかっ。よしっ、なら明日は女将《おかみ》んとこだな」

「あそこのボルアのスープはうめえぞ～」

『っ……』

「はははっ。煮込むのに時間が掛かるからねえ。明日食べに行くと頼んでおこうか」

『っ、是非っ』

楽しみだと、期待する。

「ああ。けど……今夜は荒れそうだからねえ……」

「西側は大丈夫だったんだろ？　騎士団はどうだ？」

「外壁側の警備を強化してもらってる。大きなものにはならないが、夜というのがね……」

「そうだな……だが、俺らがやらんとな」

「そうだね」

『……』

なぜか状況が分かった。今日狩りに行った森の反対側で、氾濫《はんらん》が起きそうなのだ。森から溢れ出る魔獣や魔物からこの町を守るのは、冒険者である私達なのだという自負がある。町に閉じこもっていてはいけない。

自由を得るために、自由を守るために、冒険者としての義務は果たさなくてはならない。しかし、周りの冒険者達が心配そうにこちらを見て来る。

「お前は無理するな」

『けどっ』

「やれることだけやればいい。忘れるな。命は自分のために懸《か》けるものだ。自分の意思でそれを決めるものだ。誰も強制しないよ」

『……』

「騎士は国のために命を懸けるかもしれない。だが、それも本人の意思で決めるものだ。よく考えな」

『……』

そんなことを言われたことはない。そう望まれれば、そうするしかないはずだ。

「大切な家族のために戦うのも、その家族のために傍に居ることも、私らは自分で決めていいんだよ。それは冒険者だからじゃない。誰にでも与えられる権利なんだ。生き方を、死地を他人に決めさせるな」

『……っ』

はっとした。そこで、目が覚めた。

「っ……俺は……」

何を選ぶだろうか。どんな答えを出すべきだろうか。何度もその夢を見て、自分の答えを出していく。

いくつもの夢を見た。時に商人となり、貴族となり、騎士を目指したり、騎士となって守る方の立場から国を見た。

不思議な夢を見るようになって三ヶ月が経ったある日、騎士や兵達だけでなく力自慢の男達や女達も決起し、弱い子ども達や足手まといとなると判断した者達は国を抜け出した。

その抜け出した者達はたまたま辺境にやって来ていた、半年以上前に死んだと思われていた国の英雄と出会い、助けを求めた。彼は、冒険者の友人達を引き連れて故国に向かうと、指揮を執《と》ってたった一日で王族と貴族達を捕らえ、国を解放した。

「……会長……本当に落ちましたね……民や騎士達に軽い怪我人は出ていますが、死者はゼロです……王族と貴族がボロボロでしたが……」

「あははっ。いや〜あ、めっちゃキレてたなあ。民の不満は怖い怖い」

「……」

隣国の英雄——元将軍リフタールと共にドラスリールに入ったフィルズは、王城のバルコニーに出て城下を見下ろすと、まあ計画通りだと軽やかに笑う。

現在リフタールはセイスフィア商会の職員だ。ドラスリールがカルヴィアに悪質なちょっかいをかけてきた際に、双方の板挟みとなった彼を、フィルズが自分の部下として引き取った。

そうして、バルコニーから、痛々しく枯れた土地を見下ろしていると神殿長がやって来た。

「これほど血が流れない反乱というのは、恐らく史上初ですよ。ふふっ。フィル君が怖いです」

「怖いとか言いながら笑う神殿長の方が怖えよ」

今回は、VRを使って神であるトラン、ユランが直接この国の民達の頭にその映像を送り込んだ。

だから、おかしいと思うことも、誰かに話そうとすることもなく制御できたのだ。

さすがのフィルズや、かつての専門知識を持った賢者であっても、複数人の意識に違和感を覚えさせることなく映像を送り込んだり、思考に影響を与えたりするなんてことはできない。

だから、完全にフィルズだけの功績とは言えないのだが、国を落とすという明確な意図を持ってVRを作り上げたのは間違いない。

「あはははっ。いやあ、陰気臭《いんきくさ》くて二日と滞在したくないと聖女達が言っていたので、どんな塩梅《あんばい》かと思っていたんですよ？」

ドラスリールは神が見放し、教会が撤退した国だ。だが、罪のない民が弱っていくことを知っていながら手を伸ばさないのは、教会も本意ではない。

だから、商業ギルドや冒険者ギルド経由で聖女が入り込み、定期的に観察していたらしい。あまりにも酷い状態の者は国から出す手伝いもしていたようだ。

しかし、本格的にこの国は危ないと見て、冒険者ギルドも撤退を決定しており、商業ギルドも同様の決断をした。国外との取り引きを嫌悪する上からの圧力がここ数年強くなっていたことが主因となり、リフタールが国を出てすぐに見切りをつけたのだ。

冒険者ギルドも商業ギルドも、何とかこの国に存在していたのは、少数ながらもこの国へとやって来る者達のためだった。そして、稀にそうした者達に影響を受けて国に違和感を持ち、国を出ようとする者達のためだったのだ。

教会がないという不安を抱えながらも他国の者がこの国に滞在するのは、ギルドの職員達にも負担だった。その上、他国の者を嫌う住民達ばかりなのだ。自由を愛する聖女達にとっては、いくら人々のためと思っても苦痛だっただろう。

「春の儀式《ぎしき》もしていないので、病人も多いと聞いていましたし、ここに来るのは私でもかなり覚悟が必要だったのですよ」

一年のうちに溜まった悪い気を一掃するのが春の儀式だ。これをすると伝染病を防ぐことが簡単になる。

「ああ、まあ……病人というか……思ったより人が少なかったな」

「ええ……」

隠密ウサギからの報告を受け取ってはいたが、映像で確認した以上に、国の人口が少なかったのだ。

「子どもも村や町で二人か三人だったか。異常だよな……夫婦は多いのに」

「はい。それもほぼ政略結婚とか……親が決めた相手との婚姻ばかりで、恋愛はまず認められないと聞きました……よく反発する者が居なかったものだと……」

「それが常識になってたんだろ？　けど、リフタの所は、恋愛結婚じゃないか？　今もラブラブだぞ？」

「っ、ゴホッ」

これには、バルコニーのすぐ傍に置いた机で広げた報告書を確認していたリフタールが、咳払いに失敗したのか、照れたのか、物凄く動揺していた。

「ごほっ、っ」

「大丈夫か？」

「っ、は、はい……っ、失礼しましたっ」

「おう。それで？　フレバーは、子どもの頃からお前ら夫婦は変わらないって言っていたが？」

以前、クラルスが、リフタールの息子フレバーからそんな話を聞き出していたのをフィルズは知っていた。

「っ……はい……将軍となる功績の褒美として認めてもらいました……親が決めていた相手は病で亡くなっておりましたので……」

「なるほど」

「そういうこともあり得ますよね……」

フィルズと神殿長は、再びバルコニーから下を見下ろして納得する。この国の現状を見れば、病で親が決めていた相手が居なくなるというのは、十分に考えられるものだった。

「ん？　なら、マナの方の相手はどうしたんだ？」

リフタールの妻であるマナは現在、セイルブロードにある惣菜店《そうざいてん》で働いてくれている。

「私と同じです。それで……器量の良い女が相手を亡くした場合は、貴族の妾《めかけ》になることが決まっているので……」

「うわ～……じゃあ、男は……ああ、兵士か」

「はい」

「……まあ、効率を考えたら無駄がない……感情を殺すのは傍から見れば気持ちのいいものではないけどな……」

子どもの頃から不満を出してはならないと抑圧され続けたため、この国の民達は、個人の感情が出にくくなっているように感じられた。それは、国からすれば統治しやすいことだろう。

他国の者からすればあり得ないと眉を寄せるものであっても、この国の者達にとっては本当に当たり前の生き方だったのだ。

「……」

フィルズは感情を抑えながら、神殿長と共に部屋に入ってこれまで黙って報告書を眺めていたもう一人の人物へと声を掛けた。

「で？　この国の在り方を知って、どう思う？　宰相殿」

「っ……」

リゼンフィアはグッと眉根を寄せていた。明らかに不愉快だという表情で口を開く。それは、この国に対しての感情だ。

「国民を完全に支配……管理すると、こういう国になるのだと知れたのは良かった。これで、一つ間違えずに済む」

「そうだな……これは良くない実例かもな」

フィルズは少し外を振り返り、苦笑する。行き過ぎた実例がここにはあったのだ。

国は、王や国の中枢《ちゅうすう》となる者は、やってみて失敗するということなどあってはならない。だから、一つの失敗例を見ることができたのは幸運だったと、宰相であるリゼンフィアは思うことにした。

そして、改めて国を治めることの難しさを痛感したようだ。

「人の感情は怖いものだと分かってはいた。それこそ、国を亡ぼせるほどの力がある。だから感情を殺すというのは分かる。確かに楽だろう……だが、それはやってはならない。やるべきではないっ」

リゼンフィアは、目を向けていた調査報告書の端を握りつぶす。そこには、現在と数ヶ月ほど前の村や町ごとの人口や住民達の内訳と税収の比較が書かれている。

たった数ヶ月で、病と飢《う》えにより五分の一の民が消えていたのだ。しかし、税収はほぼ変わっていない。それは苛烈《かれつ》な徴税《ちょうぜい》があったことを物語っていた。

もう本当にこの国はギリギリだったのだ。それを知って、一国を支える宰相であるリゼンフィアは、湧き上がる不快感とこの国の王侯貴族達への怒りを必死で抑え込んでいた。

「っ……その結果がっ、あと半年もすれば、民達は全員っ……っ」

「……っ」

リフタールも悔しそうに拳を握りしめていた。あのままにしておけば、間違いなく来ていたであろう未来が彼らには見えていた。それを淡々と口にしたのは神殿長だ。

「そうですね。クーちゃんの……流民の情報では、少なくとも十数年後には破綻するだろうと聞いてはいましたが……この状態では、あと半年もすれば王侯貴族以外、ほぼ亡くなっていたでしょう。それも、国に対する怒りも、平穏な幸福感を知ることもなく、自由も知らずにこの世から静かに消えていたはずです」

「っ……ええ……」

リゼンフィアはゆっくりと己の内に溜まる熱を吐き出すように、絞り出すように同意する。神が与える土地への加護は、フィルズ達が考えるよりもかなり重要だったようだ。

流民として旅をしていた頃のクラルスは、他の流民達からこの国は近い将来、亡ぶと聞いていた。それが、予想よりも早く深刻な問題だったということだ。

そして、この場で一人だけ、この国の生まれであるリフタールは涙を流していた。

「もっと早くっ……私は分かっていたのにっ……知らなければ彼らは幸せだとっ……そう思ってし

まった……っ、私が彼らを、同胞《どうほう》を見殺しにっ……」

「それは違うだろう」

「っ……」

自分を責めるリフタールに、フィルズはそう答えを返す。リフタールが真っ直ぐに目を向けて来たのを確認して、フィルズは続けた。

「それは違う。お前は悪くない。確かに、お前ほどの英雄の言葉だったなら聞いた者も居たかもしれない。だが、それだと、もし外に出てから不幸になった時、受け止めきれずにお前を責めるだろう」

「……どうして……」

なぜそんなことになるのかとリフタールは目を丸くした。そんな彼をフィルズは気の毒そうに見つめ返す。神殿長も同じような顔をしていた。

「お前はいつでも先頭に立っていたから分からないかもしれない……けど、人はそういうものなんだよ。たいていは、自分一人で感情を処理しきれないんだ」

「……」

リフタールには理解できないのだろう。いつでも自身で考えて選択し、苦悩しながらも進むことを知り、確固たる信念を持って生きて来た。そんな彼には、悩む苦しさから逃げ道を探してしまう者の気持ちが分からないのだ。神殿長がフィルズの後を続ける。

「自分が正しいと確信するための、一番容易《たやす》い方法を知っていますか？」

「いえ……」

「悪者を作ることです」

「……敵を作るということですか？」

「いいえ。責任を押し付ける相手のことです。『お前が悪い』と言える相手を作ることです」

「……あ……それが私になる……？」

リフタールはここでようやく察した。

「そうです。国から出るように提案したあなたを、国が間違っていると言ったあなたを恨むのです。最終的に国を出ると、国が間違っていると決断した自分ではなく、それを促したあなたにその責任を押し付けることになるでしょう」

「……」

それが分かっていたから、フィルズはリフタールにはこの国の現状を知らせなかった。国に裏切られ、傷付けられたリフタールが、更に民達に傷付けられるようなことにはしたくなかったのだ。

「それによって、自分の心を守るのです。自分は正しかったと、自分自身を肯定するために」

「だから今回、フィル君はあなたを、住民達が決断した後に介入するように配置したんです」

この国の民達を、リフタールが見捨てられないことも知っていたフィルズは、あえてそのタイミングでリフタールを辺境に派遣していたのだ。それが自分を思ってのことだと気付いたリフタールは、フィルズに敬愛を示す。

「っ、会長……っ」

「……神殿長……」

フィルズは居心地悪そうに神殿長へと、責めるような視線を向ける。しかし、それを受けても神殿長は楽しそうに笑っていた。

リゼンフィアが、フィルズに気遣われたリフタールを妬《ねた》ましげに見ているからというのもある。

「フィル君は本当に、身内思いですからねえ。羨ましい限りです」

「うるせえよ……っ」

フィルズは目を逸らしながらそう小さく反抗した。それから、無理やり話を変える。

「ふんっ。とにかく、お前は悪くない。それに、これまでも気付くきっかけはあったんだ。実際、お前が殺されたと聞いて、おかしいと気付いて国を出た者は多い」

「え……」

人口が減っているのは、確かに土地の力が弱り、作物が満足に育たずに飢えや病が広がっていたからだが、国から脱出した者が居たというのもある。

「そいつらは辺境伯領で保護されて、重症の病人はセラ婆の所に運ばれている」

「あっ、フレバーが『救護車』で辺境に出かけていたのは、運転訓練のためじゃなく……」

「ああ。病人の移送のためだ。フレバーは、お前やマナが知れば気に病むと思ったんだろうな。この国のことを思い出して、嫌な思いをさせたくなかったんだろう」

「っ……」

フレバーは、父であるリフタールを尊敬している。そして、国に搾取《さくしゅ》され続けて来たことを知っているからこそ、この国のことなどもう気にせずに今を楽しんで欲しいと思っていた。

そこで、部屋の外から声がかかる。フレバーだ。

「失礼します。各地区の代表をお連れしました」

「入ってくれ」

フィルズが応えれば、静かに部屋に年齢も様々な十数人の男達が入って来た。それを確認しながらもリフタールへと続きを話す。

「とにかく、この国の奴らは選択した」

フレバーが魔導車で回収して来た各地区の代表達が、自分達の話かと気にする素振りを見せる。それを見込んでの会話なので、フィルズは気にせず更に続けた。

「けど、これはこの国が平穏を取り戻すまでに、いくつも決断しなきゃならない選択のたった一つ目だ。そうだろう？　宰相」

ここでリゼンフィアに話を振る。彼はそれを引き継いだ。

「そうだ……この国をどうしていくのか、その選択を……それ以前に、選択肢を自分達で作らねばならない」

「「「「っ……」」」」

リゼンフィアが、代表達へと目を向ければ、ゴクリと唾を呑む音が響いた。

「今までは、王侯貴族達によって用意された道を進むだけで良かった。しかし、それがなくなる……指針がなくなることの不安は潰されるほどに重いものだ」

「……不安……」

一人が顔を青くして呟く。そのすぐ後に他の者達も思い当たった。

「その不安も、この国の者達はほとんど感じて来なかったと聞いている」

「っ……はい……」

「その不安が膨らめば、苛立ちとなり、他者に向く。不安とは、それだけ厄介な感情だと私は思っている」

「っ……」

ここでリゼンフィアは口にはしないが、彼らはその不安という感情をＶＲによる夢で体験していた。その怖さ、胸に残り続ける不快感は忘れていない。

「ここで怖気付《おじけづ》くならば、代表を降りろ。国を治めるには相応の覚悟が必要になる。楽はできない。上に立つ者が自身のことだけを考え、苦しさから逃げれば腐敗《ふはい》する。一人腐れば、次が腐る」

代表達は、息を詰めてこれを聞いていた。

「どれだけ苦しくとも、民達から誤解を受け責められようとも……逃げずに受け止め、国のために信念を貫《つらぬ》くっ。その覚悟を」

「っ……」

しばらく沈黙が続いた。少し俯き、考えているようだ。そして、一人、また一人と顔を上げた時、その目には強い覚悟を決めた光が宿っていた。

「上手くやろうとしなくていい。ただ一つ。今抱いた想いを忘れるな」

「「「「はいっ」」」」

鋭く揃った返事を聞き、リゼンフィアはふと肩の力を抜く。先ほどまでとは雰囲気を変えた。

「私も宰相として生きる中で、迷うことや戸惑うこともある。一人で抱え込まずに努力していって欲しい」

「っ、ありがとうございます」

「いや……今回のことは、神の思し召しだ。そして、我が国は友好を示しはするが、属国にしたりはしない」

「……え？」

代表達は戸惑いの声を上げた。彼らは当然、リフタールが現在所属している国――つまりカルヴィア国に併合《へいごう》されるものと思っていたようだ。

「そこからは、私が引き継ぎましょう」

神殿長が前に出た。

「この国には教会がありません。それにより、神々の加護を受けることができず、土地が疲弊《ひへい》していました」

「……神の加護……？」

「ああ……そこからですよね。ですが、それは後にします。結果的に言いますと、この国は、教会が保護する『特別保護自治国』という扱いになります」

「保護……ですか？」

彼らが生まれた時には、既に教会はなかった。そのため、教会がどういうものなのかも分かっていない。保護と聞いて不思議そうにしていた。

「そうです。教会が後ろ盾となって、この国を護ります。そうでなければ、他の隣国が明日にでも攻めて来るでしょう」

「っ……!!」

驚きに目を瞠る彼らを見て、フィルズが苦笑を漏らす。

「当然だろう。あんた達は国からどう言われて来たか知らないが、他国からしたら節操なくやたらと喧嘩を売って来る国って認識だ」

「……え……？」

「会話も成立しない。要求ばかり突き付けて来て、問答無用で侵略《しんりゃく》して来る。知ってるか？　他の国では、この国は使っている言葉が違うんだとまで言われていたんだぞ？」

「「「「……」」」」

フィルズがクツクツと笑いながら言えば、呆然としていた。

「そんな奴らの国が落ちた。なら、今まで理不尽に攻められて来た分を仕返ししてやろうと思うのは当然だろう。この国は負けたとしても賠償金《ばいしょうきん》も払わず、そのままだんまりを決め込んでいたんだ。ここぞとばかりに、今までの積もりに積もった賠償金を請求して来るぞ」

「……そ、それはどのような……」

「そうだな……流通している通貨は、この国独自のものが圧倒的に多いし……それなら、食料か資源だな。あ～……あの山はまだ鉱山として使えるか？」

先の方に見える山に指を差し、代表達に聞いてみても、彼らは分からないという顔をした。なので、リゼンフィアを見る。確信はなさそうではあるが、答えは返って来た。

「恐らくだが、ここ数年の武器の製造量の資料からすると、まだ鉱物が出るんだろう」

「なら、あの山は丸っと賠償に使える。だが……それだけだろうな。土地を見れば明らかだ。旨みがない。何より、隣国を攻めていたのは、国の資源が乏《とぼ》しいためだろうからな」

「……なら……」

「永久的な借金みたいな状態に持っていかれるかもな。あと使えるなら……人だ」

「人……」

フィルズとしては、口にしたくもないものだが、可能性が最も高いものだ。

「労働力として契約で縛られるか……奴隷《どれい》だな。死ぬまで働かされるだろう。人数から考えると、最終的にこの国の国民は全員使い潰されて消えても不思議じゃない」

「っ、そんなっ……」

「だが、お前達には合うのかもしれないぞ？　今までも、国にそうと意識させられなかったが、使い潰されていたんだからな。相手が替わるだけだ」

「あ……っ」

カタカタと震える者達もいた。知らずに、そうした生き方をさせられていたのだと、今の彼らは理解している。その異常さを知ってしまっていた。

「まあ、それは可能性の話として、そうさせないように、教会が後ろ盾になってくれるということだ」

「はっ……」

知らずのうちに止めていた息を吐いて、救いを見つけたと目を見開く。だが、釘は刺しておかなくてはならない。それはリゼンフィアが口にした。

「勘違いはしないように。それで他国が全て許すわけではない。これまでこの国がやって来たことの責任は、王侯貴族が先導したにせよ、この国の者達全員が多少なりとも負わなくてはならないものだ。それを、他国にも態度で示さなくてはならない」

「どうすれば……」

フィルズがこれを引き継ぐ。

「端的に言えば、生き方を変えることだろうな。そして、罪を受け入れることだ。自分達の国の……身内を止められなかった罪は受け入れなくてはならない」

「っ、ですがっ、我々は知らなかった……っ」

「それでもだ。国の代表の意見や行動は、国の総意なんだ。他国からすれば、知らなかったということも関係ない」

「そんなっ……」

実際、彼らからすれば本当に知らないことなのだから理不尽《りふじん》に思うだろう。

「だからこそ、国の代表になる奴らは、常に自分達の言葉や行動で、全ての国民に責任を負わせることになるんだってことを肝に銘《めい》じなくちゃならない」

「……」

「それに、お前達は知っただろう？　お前達が集まれば、それまで反論さえ考え付かなかった国の代表を、王侯貴族を倒せるんだ」

「っ!!」

彼らは絶対に覆《くつがえ》せない、受け入れるのが当たり前と思い込まされていた相手を、倒せてしまったことに、今更ながらに驚愕しているようだった。

「忘れるな……人は、数の力で、強い想いで、国をも亡ぼせるんだ。これからこの国の代表になるお前達が間違えれば、その責任は下の者に行く。そして、今度倒されるのはお前達だ」

「っ……わ、私達が……」

「常に考えろ。これが怖いことだと思ったから、この国の王達は、下からの反論を許さない国を作った」

「そ、それは、そんなっ……」

そういうことだったのかという気付きを得て、代表達は思考を巡らせる。もう、以前のようには戻れない。これが異常なことだと知った今では、その統治の仕方には、嫌悪しかない。

けれど、不満を持って上の者を倒せることを知った彼らは、その統治の仕方が効果的であることにも気付いたのだ。

「どうする？　教会は後ろ盾として手を貸してはくれるが、国を再び形作っていくのはお前達だぞ？」

　このフィルズの言葉に同意して、神殿長が続ける。

「そういうことです。土地への加護を神に願い、人々への加護もいただける機会を作ります。迷った時には相談にも乗りましょう。しかし、我々はこの国を統治することはありません」

「……」

「あなた方がこの国を、問題なく治められるようになるまで。他国とも会話できる態勢が整い、相手国が強硬手段に出なくなるまでは見守りますが、それだけです」

「……っ」

　見捨てられるような感覚だろう。何も知らない、どうすればいいのかも分からない状態で、一から国を作ることになるのだから。しかし、当然だが、それが無理なのは分かっている。

「もちろん、このまま丸投げしても、国の運営について何も知らないあなた方が国としてやっていけるとは思えません。ですから、友好国という形で、この隣国の宰相が相談役となってくれることになりました」

「あ……」

「あくまでも相談役です。間は教会が取り持ちます。そうでなければ他国に属国と見られてしまいますからね」

「え……それだけで？」

「それだけで、です。国って面倒でしょう？」

「……」

途方に暮れそうになる彼らを見てから、フィルズはリフタールへ視線を向ける。

「リフタ。ここに残るか？」

「……いいえ」

「っ、将軍!?」

「もう、この国の将軍であった私は死にました。それに……私が居ることで、せっかく自由になった彼らの選択肢を狭めることになる……そうではありませんか？」

リフタールは、フィルズと神殿長に確認した。フィルズは満足そうに笑い、神殿長が答える。

「ええ。きっと、彼らはあなたを頼りにしてしまうでしょう。一からやり直すには、あなたは邪魔になります」

「はい……私という存在がこの国に居ることで、他国を刺激する可能性もありそうです……私は、会長と共に戻ります」

「それがいいですね」

「……エントラール公爵……シエル様。この国を、彼らをよろしくお願いいたします」

「分かった」

「大丈夫ですよ」

「「「「……」」」」

リフタールがそうしてリゼンフィアと神殿長に頭を下げたところで、代表達は彼を引き留めるのは無理と悟ったようだ。フィルズはこれを見越してリフタールに問いかけたのだ。きちんと目論見通りになったことで、ようやく帰れそうだ。

「そんじゃあ、帰るか。護衛は置いていく。セクター。頼むぞ」

《お任せください》

「「「「っ!!」」」」

どこからともなくやって来てリゼンフィアの足下に現れたのは、隠密ウサギだ。

「ふふっ。彼らが居るなら安心ですねえ」

「……できれば、姿は見せてもらいたいんだが……」

神殿長はうんうんと安心だと頷いたが、リゼンフィアは少し顔色が悪い。敵にはならないとは知っていても、有能過ぎる隠密は怖いものなのだろう。

「それ、隠密の意味ねえじゃん。まあ、そう言うと思ったから、専用の護衛を用意してる」

「え？」

「ライデン」

「っ!?」

リゼンフィアだけでなく、フィルズ以外は突然バルコニーの外から飛び上がるようにして現れたそれに、息を呑む。

「あんたの専用の護衛。ライデンだ」

《グルル》

それは、柔らかそうな黄色の毛に、頭から背に白の三本のラインがある豹《ひょう》のような大きな魔導人形だった。健康ランドで子ども達の面倒を見ている白虎《びゃっこ》ほど筋肉質ではなく、動きに滑らかさのある大きな猫のような見た目。その体高はフィルズの丁度半分辺り。

胴体には茶色のシンプルな鞍《くら》と、同化した箱型のマジックバッグ。左前脚には筒状の物が付いている。

大きな魔導人形がバルコニーを飛び越えて来たと同時に、その背に乗っていた小豆色《あずきいろ》の毛玉――フェンリルのハナが飛び降り、バルコニーの手すりの上に着地したが、それには誰も目を向けなかった。

丁度、フィルズの背に隠れているせいとも言えるが、単に存在感が違い過ぎるからだろう。

大型の魔導人形は、纏わりつくようにしてフィルズに懐く。ゴロゴロと喉を鳴らすところは猫のようだ。

ライデンと名付けられたそれの頭を撫でて、フィルズはリゼンフィアに目を向ける。しかし、すぐに視線を逸らした顔は、バツが悪そうな、少しブスっとしたものだった。

「これと同型のを、じいちゃんとばあちゃんが連れて、向こう側の国のお偉いさん達に事情説明に行ってくれてるから、こいつを連れていれば、変な誤解もされないだろうさ」

「……」

リゼンフィアは少し呆然としてライデンを見る。そして、これを用意したフィルズの意図に気付いて、目を潤《うる》ませた。はっきりと言葉にしたのは神殿長だ。

「ふふふっ。公爵が心配だったんですか？　フィル君は相変わらずツンデレさんですねえ」

「っ、うるせえっ……普段、国内でも何があるか分からない立場なのに、こんな問題だらけの国の奴らと一緒に居ることになるんだ。用心して悪いことはないだろうが……」

「まあ、そうですねえ。国として納得しても、個人としては許せないと思うのが人ですからね」

心配なのは、この国の人よりも、この国に良い感情を持っていない他の国の者達だ。相談役であるリゼンフィアが居なくなれば、教会は他の相談役を連れて来ることになる。

その相談役になれば、教会の目があったとしても、自国の有利になる政策を打ち出せるかもしれない。その可能性があるならとリゼンフィアの排除に動く者もいるだろう。それだけ、この国には長年悩まされて来たのだ。

「ふんっ。こいつは今の段階で俺が考え得る最強の人形だ。戦闘能力に力を入れたから、言葉は話せないが、理解はする」

《グルルルル～》

「……っ」

フィルズがトントンと少し強めに背を叩くと、ライデンは心得たというようにのそりとリゼンフィアの方へ向かう。リゼンフィアから少し離れた所で一度座り、数秒金色の目を向けてから、耳を寝かせて頭をリゼンフィアの腹へ擦り付ける。

「っ、よ、よろしく……」

《クルルゥ》

「っ！」

思わずリゼンフィアはライデンの頭を撫でて感動する。明らかに『可愛い‼』と感激しているのが分かった。『猫の可愛い仕草』という情報は力を入れた部分だ。まんまと落とせたことに内心満足げにしながら、フィルズは続ける。

「国に戻っても連れ歩けばいい。ファシーも同型のを連れてるから」

「っ、王にも？」

「ああ。元々、ファシーの護衛にと思って考えて作ってたんだ。途中で楽しくなって同型のを量産しちまったんだよ」

「王のため……っ……妬ましい……っ」

《グルル？》

どうも、リゼンフィアはファスター王に嫉妬しているようだ。普段から父親である自分よりも頻《ひん》繁《ぱん》に連絡を取り合っていたり、最新の魔導具を試し、優先的に融通してもらっていたりすることを知っている。

お忍びだと言って、領主であるリゼンフィアよりも足繁く通っているのはどうなのかと思うだろう。そんな嫉妬心を密《ひそ》かに燃やすリゼンフィアには気付かず、フィルズは、用事は済んだと切り替える。

「さてと。そろそろ、見学組の兄さん達も戻って来るかな」

これを聞いて神殿長が思い出す。

「ああ。魔導車で視察をして来ると言っていましたね」

「母さんも、久し振りに他国を見て回れるって喜んでたよ」

現在、他国を見るという貴重な経験をするため、セルジュやリュブラン達が旅慣れをしているクラルスを先生にして、魔導車でこの国内を見て回っていた。そこには、ミリアリアとエルセリアも同道している。

洗脳教育の賜物か、この国内ではほぼ略奪行為もないらしいので、見慣れない魔導車を見ても、驚いて襲って来るよりも事なかれ主義というか、遠ざかるようだという報告を受けている。

余所者に対する警戒心はあるが、裏を返せばそれだけの平和な田舎《いなか》という印象が、この国のほとんどの村や町で見られる光景のようだった。

こうなったのはきちんと人の役割を分けていたためだろう。兵士でなければ、戦うことをしない、警戒をしないというのがこの国の当たり前のようだ。セルジュ達の初めての領外、国外の視察には丁度良かった。

「そうだ。村や町ごとに順番で俺達の国に観光……視察に行こうって話、周知させといてくれ。王と辺境伯の許可も取った。来月からでも始めよう」

「っ、よろしいんですかっ⁉」

それまで部屋の隅で、鬼のような形相で書類整理をしていたドラスリールの文官達が、身を乗り出して声を上げる。

「ああ。やっぱり、実際の他国の様子ってのを見た方が、理想とするものを考えやすいだろう」

「はいっ！　是非お願いいたします！」

文官である彼らは、一番近くで今回の騒動を目撃することになった。ただ言われたことだけをやって来たことに疑問を抱いており、例の夢も見たことで、他国の生活というものを一度は実際に見ておきたいと思ったらしい。

文官に限らず、民も連れて行って、カルヴィア国を見てもらうつもりだ。

「おう。俺の所で預かることになるが、きちんと計画しといてくれ」

「分かりました！」

文官達のやる気は十分なので、事務処理の手に関しては心配はいらないだろう。彼らは王侯貴族側の者達ではなかったため助かった。

確認したところによれば、実直に言われた雑務をこなす人達だったようで、真面目な人が多かった。事後処理に追われながらも、上から抑える者が居なくなったことで、自分達で考えるべきことが増えたが、それをどこか楽しんでいるようにも見える。

素直に物事を受け入れる国民性ゆえか、明らかに成人前のフィルズに対しても、リフタールが会長と呼ぶこともあり、子どもとバカにすることなく応対している。

「おしっ。そんじゃあ、俺は帰る。物資とか必要になるものがあれば連絡してくれ。フレバーに持って来させる」

「分かった」

「分かりました」

リゼンフィアと神殿長が頷き、了承する。二人は、まだ数日滞在し、態勢を整える予定だ。フィルズやリフタール達は一足先に戻ることになる。

大きく息を吐いて吸ってから、フィルズはもう一度バルコニーの外へと目を向ける。そのバルコニーの手すりの所には、この場ではフィルズと神殿長にしか視《み》えないが、リザフトとトラン、ユランが腰掛けて外を見下ろしていた。

ハナがライデンについて来たのは、これが理由のようだ。ハナが作る強力な結界は神の気配をも遮断し、リザフト達が居ることを他の者に気付かせない。

そんなリザフト達にだけ聞こえる声で、フィルズは呟いた。

「……どんな国になるんだろうな」

「『うん……』」

「そうだねえ……」

楽しみだと微笑むリザフト達。加護の光が降り注ぎ、大地に染み渡っていくのが視える。けれど、まだ応急処置のようなものだ。これから人々に加護が与えられれば安心できる。

半年後、民主自治国として安定し始めたこの国では、セイスフィア商会が行っていた作物の品種改良や人材育成の事業に感銘《かんめい》を受けた人々により、これを主体として国を運営していくことになる。

そして、数年後には他国との関係も改善され、大陸一の作物に関する研究機関と人材教育機関が置かれることになる。

そんな中で、戦いに関するものにだけは二度と手を出さないとの国の誓いの下、真面目で勤勉な国民性を大事に何百年と続く国となっていくのだが、それは神達にも想像できない未来の話。

◆　◆　◆

よく晴れたその日、隣国ドラスリールの者達が視察に来る前の準備のためにもと、フィルズは家族達を連れて元男爵領に来ていた。

メンバーは、クラルス、セルジュ、そしてミリアリアとエルセリア、それと案内役も兼ねて目的地をよく知るレヴィリアを同行させた。

この場所では、彼女と因縁ある元盗賊達が生活している。最初の両者は険悪なものだったが、お互いを理解し、いまや身分も関係なく研究のために共に働き、討論したりもできる仲になっている。そこでは、品種改良や土壌改良の研究が進められていた。

「うわ～あ、広い畑ねえ～」

「……種類ごとで分けてあるのね……綺麗だわ……」

クラルスとミリアリアは、周りを見回してそれぞれ感想を口にする。ここはまだ入り口だが、区画によって違う作物が育っている。

「ねっ。きっちりしてる感じがいいわっ」

「ええ。それに、こんなに色んな種類があるのね……」

「あっ、ほら、あそこは、ミリーが好きなトマトが生《な》ってるわっ。でも、小さいのね？　ちゃんと赤いのに」

「本当だわ……綺麗な赤なのに、小さい……」

クラルスとミリアリアは、あのお茶会が終わった後、改めて向き合って和解し合った。今ではお互い、クー、ミリーと呼び合う仲だ。それはまるで姉妹のようだった。

未だミリアリアは、色々と自分でやってみたいということで、屋敷の離れで暮らしている。だが、クラルスに連れられてセイルブロードで店の手伝いをするようにもなっていた。

その際は、第一王女であるリサーナがよく面倒を見てくれている。リサーナ自身の経験も聞くことで、ミリアリアは真剣に日々学んでいた。

そんな二人に、レヴィリアが説明する。彼女も、二人とは姉妹のように、友人のように接するようになっていた。

「あのトマトは、ミニトマトよ。あの大きさでもう食べられるの。一口サイズだから、生でそのままサラダに使うのも良いでしょう？」

「生で？」

「トマトは酸っぱいわよね？」

最近出回っているトマトの中には赤い熟《う》れたものもあるが、一般的な認識としては、まだまだトマトは酸っぱいだけの野菜。水分があるので好む者も居るが、煮込み料理に使うのが普通で、まだまだ酸味が強い印象がある。

「そのまま食べられるってことですか？」

周りの景色に圧倒されていたエルセリアも、これには口を挟んだ。

「そうよ。今までのトマトと違って、煮込まなくても、とっても甘いのよ」

「甘い……？」

エルセリアには想像できなかったようだ。それはクラルスもだった。

「え？　酸っぱさは？」

「ほとんどないわね。ちょっと肥料も特別なの」

「へえ〜。食べてみたいわね。ねっ、ミリー」

「ええ。甘いとは……どんな甘さかしら……」

興味津々のようだ。そんなクラルス達に、フィルズは進むように促しながら提案する。

「ほら、行くぞ。あと、良かったらあのミニトマト、今度庭で、自分で育ててみるか？」

「え？　自分で？」

「庭で？」

ミリアリアがフィルズを見る目には、かつてあったような嫌悪感はない。クラルスと並ぶと、最近は同じように好奇心を含む光を目に宿しているのが分かる。

「ああ。家庭菜園事業を始めたくてさ。鉢植《はちう》えを使って、庭先で育てるんだ。野菜嫌いの奴が本当に……意外にも多いって知ってさ」

「……ふ、ふ〜ん……」

クラルスが目を逸らした。

「そんな奴らに、自分で育てさせたら、ちょっとは愛着が湧いて、食べることに興味も出るかなって」

「自分で育てた野菜を……食べる……やってみたいわ」

ミリアリアの方が興味津々のようだが、それに釣られてクラルスも興味を持った。

「ミリーっ。あ、でも、私も……やってみたいかもっ。エルちゃんもどう？」

「はいっ。このあいだ、『孤児院』のはたけを手つだったんですけど……たのしかったので」

そして、それを聞いていたセルジュが違う視点を持つ。因みに、セルジュにいつも付いているウサギのクルフィは連れて来ていない。カナルの手伝いとして屋敷に残して来た。ミリアリアもエルセリアも居ない間くらい、カナルに少しでも休んでもらおうと思ってのことだ。

「農家の苦労も理解できそうだよね」

「それだよ。町の姉ちゃん達がさあ『農家に嫁《とつ》げばご飯に困らないって聞くけど、野菜ばかり食べるの嫌だな～』って言っててさ……」

「……う、うん……」

「本格的に野菜嫌いをどうにかしねえと、農家が不遇過ぎるだろ。後継者問題が、地味に深刻らしいし」

「……それ……結構大事だよね……」

そろそろ近付いて来た村の入り口に向かいながら、フィルズはセルジュと並んで歩く。クラルス達女性組は、レヴィリアに先導されて、楽しそうに先を歩いている。

「町中から嫁いで来る人がいないから、農村だと、少し前のドラスリールとそう変わらん。まあ、めちゃくちゃ子どもは大事にするし、平和だけど」

「外に出さない気満々じゃない？」

町から離れた村では、外のことを教えず、発展がないのだ。その村だけで世界が完結してしまっており、新しい事や物はほぼ遮断しているらしい。

「外のことに興味を持った若者が外に出て行って、村が消滅ってこともあるからな～。村長達は必死っぽい」

「うわ～……領主はそこまで目が届かないし？」

「難しいよな。人災とか天災がなければ、直接目を向けることもないしさ」

「……きちんと目が届くように態勢を考えないと……」

セルジュは、こうしてフィルズと話をする度に、次期領主となった時のことも考えているようだ。頼もしいなとフィルズは微笑んだ。そうしてセルジュの横顔を見ていると、次第に表情を曇らせていく。それが気になり、声を掛ける。

「どうかしたか？」

「うん……あの国は、上が外の情報を遮断していたじゃない？　それと同じなのかなって……」

「そうだな。知らなければ羨むこともないし、ある意味幸せだよな。まあ、ドラスリールは上の奴らが自分らのダメさ具合を知られんようにしたかったってのもあるけど」

「ふふっ。なるほど。良し悪しだね」

「そういうこと」

難しいなとセルジュは肩を落とす。そこに、クラルスの声が掛かった。

クラルス達は、もう家屋の並ぶ村の入り口に立っており、手を振って待っている。

「フィル〜っ、セル君っ、早く〜」

「はいはい」

「は〜い」

少し駆け足気味にそちらへと向かう。その途中、セルジュが告げた。

「どうするのが本当に良いのか、まだ分からないけど、これだけは言えるよ。やっぱり色んなことを知りたいと思うのが人なんじゃないかって。知るべきなんじゃないかなって」

「兄さんはそう思ったんだな」

「うん。だって、あの二人も変わったもの」

『あの二人』と呼んで目を向けているのは、実母であるミリアリアと妹のエルセリアだ。

「知らないと、何が悪かったのかも、良かったのかも分からないよね」

「だな」

「私も負けていられない」

「おう。頑張れ」

「ふふっ。フィル〜、他人事にはさせる気ないよ？」

「あ〜……まあ、兄さんのためだしな」

「っ、フィルっ、ううっ、やっぱり王都に行きたくないぃぃぃっ」

両手で顔を覆ってしまうセルジュ。これにフィルズは弱った顔をしながらも背中を押して進ませる。

「はいはい。クルフィが居るし大丈夫だって」

三ヶ月ほど後に、セルジュは学園に通うべく王都に出発することになる。そうなると、次に帰領するのは半年後だ。寂しいらしく、学園行きのことを思い出す度に落ち込んでいる。

「イヤフィスもあるしさあ。なんなら、週末にでも王都の屋敷に遊びに行ってやるから」

「本当⁉　本当に、本当⁉　忘れない⁉　フィルは忙しいでしょう⁉」

「あ、いや……まあ……」

否定はしない。自分の趣味の時間もある。そこは外さない。

「神殿長とか商業ギルドとか、冒険者ギルドとかの相手だけじゃないでしょ？　やることもいっぱいあるしっ」

「ああ、まあ、うん……」

「じゃあ、忘れるじゃんっ！」

「いや〜……ホワイトやゴルドに言っとけば……」

「時間ないからって、隠密ウサギに伝言持たせて終わりにするんじゃない⁉」

「……」

やりそうだ。フィルズは納得する。自分ならあり得ると。

「ほらっ。ほらっ。あるって顔してるっ。嫌だよっ。ちゃんと会いに来てよっ」

「わ、分かったから……ほら、ビズならひとっ飛びだしさあ」

「っ、分かった。ビズちゃんに頼んでおく！」

「……お、おう……」

まさか自分よりも、バイコーンの相棒、ビズの方が信頼が厚いとは。

この件に関しては信用されていないらしい。

「まあ、今日は収穫作業を楽しもうぜ」

「うん」

数年前まで、あり得なかった光景がここにある。父親は不参加とはいえ、あれだけギスギスしていた家族が笑い合いながら外に出るなんて、考えられなかった。

クラルスもミリアリアも、夢にも思わなかっただろう。和解できるなんてことも、手を繋いで村道を走るなんてことも。

「変わって良かったな」

人は変われる。それが良い方に向かうかは努力次第。けれど、この変化は喜ぶべきことだろう。

合流し、クラルスに落ち込んでいたがどうしたのかと尋ねられて苦笑いをするセルジュから、少し離れて呟く。

「あとは……兄さんをどう宥めるかだな……」

王都に向かうことに、まだ完全には納得していないようなのだ。今後も気苦労が多くなりそうな

次期公爵でもある兄の願いや想いは、できる限り叶えてあげたい。何より、困難な問題の方がやり甲斐を感じる性格だ。

「何かいい案が出るといいんだけどな～。あっ、ドラスリールにも賢者の遺跡があるんだったな。忘れないようにしないと……」

考えるべきこともやるべきこともまだまだ多そうだ。

青く澄み渡った空を見上げて、フィルズはこの光景を見ているかもしれないリザフト達神に向けて、頑張るぞと伝えるようにクスリと笑った。

異世界ゆるり紀行
子育てしながら冒険者します
1~15
水無月静琉
Minazuki Shizuru
シリーズ累計
110万部(電子含む)
突破!!
2024年7月
TVアニメ
放送開始!!
(テレ東・BSテレ東ほか)
1~15巻
好評発売中!
コミックス
1~8巻
好評発売中!
子連れ冒険者ののんびりファンタジー!
神様のミスで命を落とし、転生した茅野巧。様々なスキルを授かり異世界に送られると、そこは魔物が蠢く森の中だった。タクミはその森で双子と思しき幼い男女の子供を発見し、アレン、エレナと名づけて保護する。アレンとエレナの成長を見守りながらの、のんびり冒険者生活がスタートする!
◉各定価:1320円(10%税込) ◉Illustration:やまかわ
◉漫画:みずなともみ B6判 ◉各定価:748円(10%税込)

Re:Monster
リ・モンスター
金斬児狐
Kanekiru Kogitsune
1〜9・外伝
8.5
暗黒大陸編1〜4
シリーズ累計
170万部
(電子含む)
突破!
2024年4月4日〜!
TVアニメ
放送開始!!
(TOKYO MX、BS11ほか)
ネットで話題沸騰
怪物転生
ファンタジー
最弱ゴブリンの下克上物語 大好評発売中!
【小説】1〜9巻/外伝/8・5巻
◉各定価：1320円(10%税込)
◉illustration：ヤマーダ
新章
【小説】1〜4巻(以下続刊)
◉各定価：1320円(10%税込)
◉illustration：NAJI柳田
コミカライズも大好評
◉各定価：748円(10%税込)
◉漫画：小早川ハルヨシ

風波しのぎ
Kazanami Shinogi
シリーズ累計
270万部!
(電子含む)
THE NEW GATE
ザ・ニュー・ゲート
01~22
TVアニメ
2024年4月13日より放送開始!
(TOKYO MX・MBS・BS11ほか)
コミックス
1~14巻
好評発売中!
デスゲームと化したVRMMO-RPG「THE NEW GATE」は、最強プレイヤー・シンの活躍により解放のときを迎えようとしていた。しかし、最後のモンスターを討った直後、シンは現実と化した500年後のゲーム世界へ飛ばされてしまう。デスゲームから“リアル異世界”へ——伝説の剣士となった青年が、再び戦場に舞い降りる!
漫画:三輪ヨシユキ
各定価:748円(10%税込)
デスゲームから500年後のゲーム異世界へ
絶対覇者降臨
新たなる無双伝説開幕!!
シリーズ累計15万部!
大人気ファンタジー待望のコミカライズ!
各定価:1320円(10%税込)
~22巻好評発売中!
illustration:魔界の住民(1~9巻)
KeG(10~11巻)
晩杯あきら(12巻~)
アルファポリスHPにて大好評連載中!
アルファポリス 漫画
検索

最強最古の神竜は、辺境の村人ドランとして生まれ変わった。質素だが温かい辺境生活を送るうちに、彼の心は喜びで満たされていく。そんなある日、付近の森に、屈強な魔界の軍勢が現れた。故郷の村を守るため、ドランはついに秘めたる竜種の魔力を解放する!

1~24巻 好評発売中!

各定価：1320円(10%税込) illustration：市丸きすけ

漫画：くろの　B6判

各定価：748円(10%税

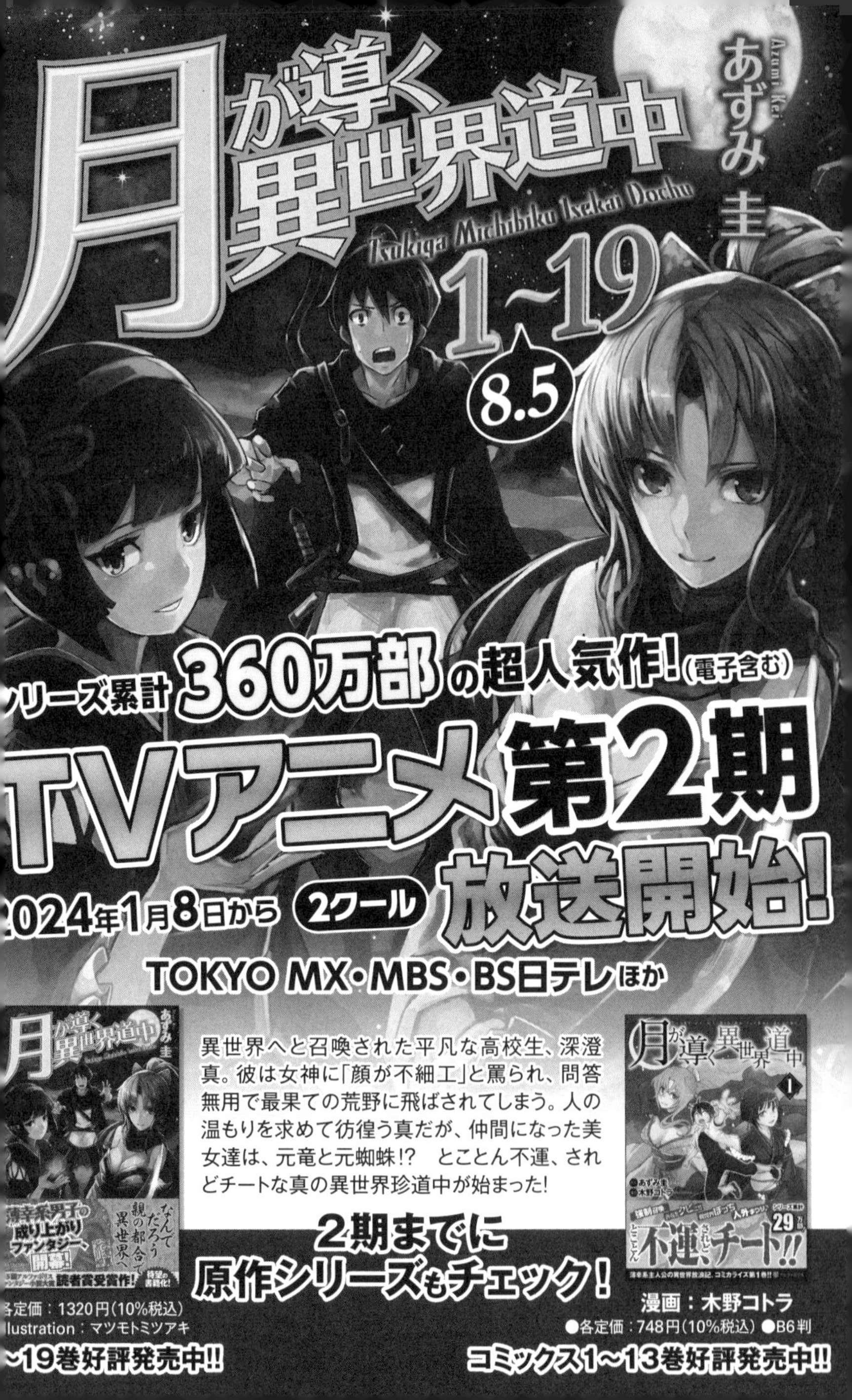
月が導く異世界道中
あずみ圭
Azumi Kei
Tsukiga Michibiku Isekai Dochu
1~19
8.5
シリーズ累計360万部の超人気作!(電子含む)
TVアニメ第2期
2024年1月8日から 2クール 放送開始!
TOKYO MX・MBS・BS日テレほか
月が導く異世界道中 あずみ圭
薄幸系男子の成り上がりファンタジー、開幕!
なんでだろう 親の都合で異世界へ
待望の書籍化!
読者賞受賞作!
異世界へと召喚された平凡な高校生、深澄真。彼は女神に「顔が不細工」と罵られ、問答無用で最果ての荒野に飛ばされてしまう。人の温もりを求めて彷徨う真だが、仲間になった美女達は、元竜と元蜘蛛!? とことん不運、されどチートな真の異世界珍道中が始まった!
2期までに
原作シリーズもチェック!
各定価:1320円(10%税込)
Illustration:マツモトミツアキ
~19巻好評発売中!!
月が導く異世界道中 1
あずみ圭 木野コトラ
とことん不運、されどチート!!
29万部
漫画:木野コトラ
●各定価:748円(10%税込) ●B6判
コミックス1~13巻好評発売中!!

気が付くと異世界の森の中に獣として転生していた元社畜の日本人男性。「可愛いもふもふに生まれ変わったからには!」と人間を探した彼は、無事、騎士のウィオラスに拾われ、アルルジェントという名前をつけてもらった。そうしてルジェと呼ばれるようになった彼は、自分が狐であることを知る。改めて、ウィオラスの「飼い狐」としてぐーたら愛玩生活を送ろうと、愛嬌を振りまくルジェだったが、徐々にチートな力を持っていることが判明していく。そのせいで、本人はみんなに可愛がってもらいたいだけなのに、ルジェの力を欲しているらしい人たちに次々と狙われてしまい——!?　自称「可愛い飼い狐」のちっとも心休まらないペット生活スタート!

●定価:1320円(10%税込)　●ISBN:978-4-434-33603-4　●Illustration:こよいみつき

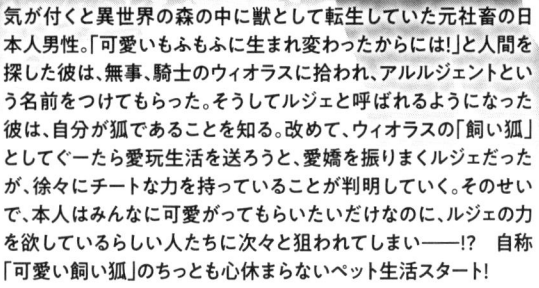

Niseseijo ha mofumofu chibikko jujin
wo mamoru mamaseijo to naru
偽聖女は
もふもふちびっこ獣人を
守るママ聖女となる
著 k-ing
キング
異世界で
もふかわな
家族ができました。

聖女召喚に巻き込まれてしまったお人好しな一般人、マミ。偽物の聖女と疑われ、元の世界に帰る方法もない。せめて生活のために職が欲しいと叫んだ彼女に押し付けられた仕事は、ボロボロの孤児院の管理だった。孤児院で暮らすやせ細った幼い獣人達を見て、マミは彼らを守り育てていこうと決意する。イケメン護衛騎士と同居したり、突然回復属性の魔法を覚醒させたりと、様々なハプニングに見舞われながらも、マミは子ども達と心を通わせていき——もふもふで可愛いちびっこ獣人達と送る、異世界ほっこりスローライフ!

●定価：1320円（10%税込）　●ISBN：978-4-434-33597-6　●Illustration：緋いろ

偽聖女は
もふもふちびっこ獣人を
守るママ聖女となる
k-ing
異世界で
もふかわな
家族ができました。
はずれ聖女ですが、知識チートでスローライフを満喫します!

理想の田舎（異世界）で、

超マイペースな山ごもり生活！

異世界移住＋もふかわ魔物
＝最高にほのぼのワクワク!?

女神様の手違いで異世界転生することになった、拓海《たくみ》。女神様に望みを聞かれ、拓海が『田舎の家で暮らすこと』と伝えると、異世界の山奥に実家の一軒家ごと移住させてもらえることに。転生先にあるのは女神様にもらった、家と《緑の手》という栽培系のスキルのみ。拓海は突如始まったサバイバル生活に戸惑いつつも、山暮らしを楽しむことを決意。薪風呂を沸かしたり、家庭菜園を作ってみたり、もふもふウリ坊を保護したり……山奥での一人暮らしは、大変だけど自由で最高——!?

◉定価：1320円（10%税込）　◉ISBN 978-4-434-33596-9

◉illustration：このいけ

この作品に対する皆様のご意見・ご感想をお待ちしております。

おハガキ・お手紙は以下の宛先にお送りください。

【宛先】

〒150-6019 東京都渋谷区恵比寿 4-20-3 恵比寿ｶﾞｰﾃﾞﾝﾌﾟﾚｲｽﾀﾜｰ 19F
（株）アルファポリス　書籍感想係

メールフォームでのご意見・ご感想は右のＱＲコードから、
あるいは以下のワードで検索をかけてください。
アルファポリス　書籍の感想　検索
ご感想はこちらから

本書は Web サイト「アルファポリス」（https://www.alphapolis.co.jp/）に投稿されたものを、改題、改稿、加筆のうえ、書籍化したものです。

趣味《しゅみ》を極《きわ》めて自由《じゆう》に生《い》きろ！ 5
～ただし、神々《かみがみ》は愛《いと》し子《ご》に異世《いせ》界《かい》改革《かいかく》をお望《のぞ》みです～

紫南（しなん）

2024年　3月　30日初版発行

編集－矢澤達也・宮田可南子
編集長－太田鉄平
発行者－梶本雄介
発行所－株式会社アルファポリス
〒150-6019 東京都渋谷区恵比寿4-20-3 恵比寿ｶﾞｰﾃﾞﾝﾌﾟﾚｲｽﾀﾜｰ19F
TEL 03-6277-1601（営業）　03-6277-1602（編集）
URL https://www.alphapolis.co.jp/
発売元－株式会社星雲社（共同出版社・流通責任出版社）
〒112-0005 東京都文京区水道1-3-30
TEL 03-3868-3275
装丁・本文イラスト－星らすく
装丁デザイン－AFTERGLOW
印刷－中央精版印刷株式会社

価格はカバーに表示されてあります。
落丁乱丁の場合はアルファポリスまでご連絡ください。
送料は小社負担でお取り替えします。
©Shinan 2024.Printed in Japan
ISBN978-4-434-33606-5　C0093